Elisabeth Zöller studierte Deutsch, Französisch, Kunstgeschichte und Pädagogik in Münster und Lausanne. Sie arbeitete 17 Jahre lang als Lehrerin an verschiedenen Gymnasien. Seit 1987 schreibt Elisabeth Zöller und hat seitdem zahlreiche Kinder- und Jugendbücher veröffentlicht. Sie lebt in Hannover. In der Schatzinsel erschienen von ihr bereits ›Die 5 Nervensägen‹ (Hardcover, Bd. 85052) und ›Die 5 Nervensägen schaffen das Chaos‹ (Hardcover, Bd. 85064).

Ute Krause arbeitet als Drehbuchautorin, Regisseurin und Illustratorin. Sie lebt abwechselnd in Berlin und New York. Für die Schatzinsel hat sie schon viele Bücher illustriert, auch die anderen ›Nervensägen‹-Bände von Elisabeth Zöller.

Unsere Adresse im Internet: www.fischer-tb.de

Elisabeth Zöller

Ein Pferd für die 5 Nervensägen

Mit Bildern
von Ute Krause

Fischer Taschenbuch Verlag

Fischer Schatzinsel
Herausgegeben von Markus Niesen

Originalausgabe
Veröffentlicht im Fischer Taschenbuch Verlag GmbH,
Frankfurt am Main, Februar 2001

Lektorat: Julia Holbe
Druck und Bindung: Clausen & Bosse, Leck
Printed in Germany
ISBN 3-596-85085-1

Nach den Regeln der neuen Rechtschreibung

Ein Pferd für die 5 Nervensägen

1

Piccolo ist weg. Ich reibe mir die Augen, zwacke mir in den Arm. Wirklich. Piccolo ist weg.

Ich habe heute Nacht von Piccolo geträumt und bin aufgewacht! Dann habe ich ein Geräusch gehört. Aber ich habe es schnell weggewischt, weil Mama dann immer sagt: Wisch die Angst weg. Du kannst dich ja nicht verrückt machen. Und außerdem war es vielleicht das knarzende alte Gebälk, das Strohdach mit klappernder Regenrinne, ein weit geöffnetes Fenster, das sich bei dem Wind mit einem Knall schließt.

Aber es ist wirklich: Piccolo ist weg. Wo ist er bloß?

Piccolo ist ein niedliches braunes Fohlen, es ist erst vor ein paar Wochen geboren. Als wir ankamen, hatte es noch keinen Namen, aber Porsche hat es einfach aus lauter Jux Piccolo genannt. Und dabei blieb es dann auch. Denn ein Tier muss einen Namen haben, sonst kann man es ja gar nicht nennen.

»Ein Tier muss doch heißen«, sagte Klein Moritz. Und alle haben gelacht. Klein Moritz warf sich auf den Boden und machte unterm Tisch peng, peng.
Aber Piccolo ist weg. Oder sehe ich nicht richtig? Es ist hell draußen und drinnen. Und ich sehe richtig. Und Piccolo war doch auf der Weide. Klar! Ein Pferd kann ja im Sommer nicht im Haus sein! Auf jeden Fall nicht einfach so. Ich kann die ganze Weide überschauen! Wirklich nichts zu sehen!
Am liebsten würde ich schreien. Aber so früh darf man in den Ferien nicht schreien! Da werden alle wach und sauer. Weil sie ausschlafen wollen. »Pippilotta«, würden sie zu mir sagen, »was ist denn in dich gefahren?« Und sie würden den

Kopf schütteln. Die sollen jetzt wach werden! Endlich! – Das müssen sie sogar!
Denn bestimmt ist Piccolo geklaut worden. Entführt ist der. Das Wort »entführt« bleibt mir wie ein Kloß im Hals stecken. Und die wildesten Bilder von Entführung, Kofferraum, Augenzubinden, Betäubung und Schlag auf den Kopf geistern durch mein Gehirn.
Wir sind in den Ferien an der Nordsee. Oma Finkenstein hat hier eine Cousine. Und nachdem wir Oma Finkenstein so viel im Krankenhaus besucht hatten, hatte sie erst wohl im Spaß gesagt: »Ihr könnt mich mal an der Nordsee besuchen, wenn ich mich dort erhole. Einfach für ein paar Tage. Ich habe dort eine Cousine, die einen großen Bauernhof hat. Fast einen Reiterhof.«
»Reiterhof?«, hat Marie gerufen. »Reiterhof?«, noch einmal fragend. Marie ist total wild auf Pferde und Reiten. Aber Oma Finkenstein hat abgewunken.
»Kein richtiger Reiterhof. Nein, denn auf einem richtigen Reiterhof, da sind Ställe extra für die, die zum Reiten kommen, für ein, zwei Wochen. Da sind Haken und Platz, wo sie ihren Sattel und Zaumzeug und Putzzeug lassen können in einem richtig großen Vorraum zu den Ställen. Da gibt es

Zimmer für alle Reiter und die Reitlehrer.« Oma Finkenstein hat gehustet und gelächelt.
»Das alles ist nicht da«, hat Oma Finkenstein noch hinzugefügt.
»Warum hast du gerade so gegrinst?«
»Ach«, sagt Oma Finkenstein, sie zögerte. »Sie hat so einen lustigen Namen.«
»Wie deiner«, hat Hubertus gelacht.
»Nein, noch schlimmer.« Sie zögerte immer noch: »Henriette Knausermann.«
»Echt?« Gonzo hat sich am Hinterkopf gekratzt.
»Und so ist sie auch«, sagte Oma Finkenstein.
»Henriette Knausermann.«
»Dann müsste sie ja Knauserfrau heißen.«
»Psst.« Oma Finkenstein legte den Finger auf den Mund. »Aber Henriette Knausermann hat ein paar sehr gute Reitpferde. Die Reitpferde sind ihr Leben. Deswegen will sie eben nur erstklassige Pferde. Da achtet sie drauf.« Das hat Oma Finkenstein hinterhergemurmelt.
Oma Finkenstein hatte damals Marie angeblinzelt. Die sprang hoch und schrie: »Wann fahren wir?« Und sie hat Oma Finkenstein am Arm gepackt und geschüttelt: Aber so schütteln darf man bei Omas nicht. Die sind zu alt zum Schütteln, hat mein Papa gesagt.

Aber Marie hat keine Ruhe gegeben. Und wir andern auch nicht. Wir andern wollten vor allem zusammen wieder mal etwas Tolles machen. Natürlich auch reiten, klar, obwohl das für uns nicht das Allerwichtigste war. Außer für Marie.
Wir hatten nämlich vor einiger Zeit eine Bande gegründet. Da hatten wir natürlich schon einiges erlebt. Ernstes. Echte Detektivfälle. Aber auch Witziges. Wir wollten vor allem zusammen sein. Eine Bande.
Und – ehrlich gesagt – verknallt, ein bisschen, waren und sind wir auch untereinander. Porsche in mich, ich in Gonzo und Marie in Porsche. Was haben wir da schon Krach gehabt. Und Bauchkribbeln, Augenzwinkern und Eifersucht. Und deswegen haben wir in der Bande eigentlich grundsätzlich Verknalltsein verboten. Aber eigentlich kann man das gar nicht. Gefühle sind Gefühle. Vor allem, wenn man sich verliebt. Da kann man nicht sagen: jetzt nicht. Die steigen im Bauch hoch. Die kribbeln im Kopf, die machen ein krabbeliges Gefühl am ganzen Körper. Wie Ameisen, Bienen und Flöhe zusammen. Sogar im Hirn hüpfen sie herum. Aber Bande ist natürlich ohne Kribbel-Krabbel und alles. Bande ist Bande: Freundschaft, Spaß haben, Abenteuer erleben. So muss eine Bande sein.

Die drei Jungen zogen Marie schon auf: »Wie oft muss man denn duschen, damit man nicht nach Pferdemist stinkt?«
Nur Porsche, der wollte Marie wohl beeindrucken, schleppte ein Reitbuch mit zum Bandentreff und fragte, was wir denn machen würden. Und dann haben wir geplant.
»Aber die Babys kommen nicht mit«, hat Gonzo später zu Oma Finkenstein gesagt. Damit meint er meinen kleinen Bruder, den halben Ferdinand, und seinen eigenen kleinen Bruder Moritz. Nur ob Hubertus mitkann, der ist ein bisschen jünger als Gonzo, das war noch nicht ganz klar. Er war jetzt häufiger bei unseren Bandentreffs gewesen. Den mochten wir. Der hätte ruhig in unsere Bande kommen können. Vor allem konnte der reiten. Aber dann fuhr er lieber mit seiner Fechtgruppe los. Letztendlich musste Moritz doch mitkommen. Denn wer sollte bei ihm sein, wenn Gonzos Vater in der Praxis war und wir anderen mit Oma Finkenstein verreisten? Schließlich ist Oma Finkenstein die, die bei Gonzo zu Hause den Haushalt macht – und zu Oma Finkenstein gehört Moritz. Sie ist eben die Ersatzoma Finkenstein.
Oma Finkenstein stand gerade am Herd und machte eine Mehlschwitze.

»Mir bleibt aber auch nichts erspart«, stöhnte Gonzo. Aber Oma Finkenstein beruhigte ihn: »Ich pass allein auf ihn auf – und außerdem hat meine Cousine den Enkel Hannes. Die können zusammen spielen.« Sie drehte sich zu Gonzo, legte den Arm um ihn.

»Wieder so ein Kindergarten«, stöhnte Gonzo. Und ich konnte ihn gut verstehen, denn ich hätte auch keine Lust gehabt, meinen kleinen Bruder, den halben Ferdinand, dabeizuhaben. Kleine Geschwister nerven nämlich – manchmal bis zum Weltuntergang. Da schrie Oma Finkenstein los, ließ den Arm um Gonzo los. Die Mehlschwitze war eine Kohle-Stink-und-Wolkenschwitze geworden. Oma Finkenstein musste von vorne anfangen und Töpfe auskratzen.

Sie schimpfte, murmelte, stöhnte, aber lachte schließlich wieder: »Selbst gemacht«, sagte sie, scheuerte den Topf und begann von vorne. Oma Finkenstein ist eben nicht so leicht unterzukriegen.

Und jetzt sind wir alle da: Stummel, Porsche, Gonzo, Marie und ich und natürlich Moritz und Oma Finkenstein. Wir sind mit dem Zug gekommen. Das war schon spannend genug. Erst mit dem ICE. Natürlich hatte Porsche sofort einen

Platz mit Fernsehen angepeilt. Aber dahin wollte Oma Finkenstein nicht, das waren nicht unsere reservierten Plätze!
»Schade! Mist«, sagte Porsche.
Im Hamburger Hauptbahnhof drehte sie dann wirklich fast durch. Denn Klein Moritz wollte einen Hamburger essen, Porsche und Stummel wollten erst mal richtig Züge angucken und blieben einfach oben auf der Brücke stehen. Und Marie und Gonzo wollten sich die geilen Typen hinterm Bahnhof angucken mit Hahnenkamm, Ohrlöchern, weißem Gesicht, pechschwarzen Haaren und Hund. Oma Finkenstein war das alles nicht geheuer.
»Weg hier, weg hier.« Oma Finkenstein scheuchte uns wie die Hühner. Klein Moritz zeigte auf die Typen und sagte: »Geil, sieht das nicht echt geil aus? Echt. Ehrlich.« Oma Finkenstein will, dass Moritz ordentlich spricht, nicht ›geil‹ und ›echt‹ und ›echt ey‹, aber vor allem durfte Moritz nicht auf die Punk-Typen zeigen. Oma Finkenstein zog ihn weg, er protestierte laut. Die Typen grinsten und Oma Finkenstein wurde es mulmig. Mir übrigens auch. Aber das hat keiner gemerkt.
»Wenn wir erst mal im nächsten Zug wären!«, seufzte sie.

Aber der kam erst in einer halben Stunde.
Marie entdeckte am Zeitschriftenstand eine Zeitschrift über Pferde und Züchtung mit Hinweisen für Reiter.
Gonzo fand die neue CT, blätterte darin, Stummel wollte noch eben bei den Skatern vorm Bahnhof gucken und Porsche sah eine total coole Kappe.
Oma Finkenstein hielt uns zusammen, scheuchte uns wieder wie einen Hühnerschwarm vor sich her und kommandierte: »Alle auf den Bahnsteig!«
»Das kann ja heiter werden«, murmelte Gonzo. Aber sie wollte nichts mehr hören, schob uns nur zum Bahnsteig.
Marie kam wieder auf ihr Thema: Pferde. Ich glaube, die würde die Pferde noch in ihr Zimmer stellen, wenn das ginge.
Die nervte also schon wieder: »Oma Finkenstein, was sind auf dem Bauernhof für Pferde? Welche Rasse? Wie groß sind sie? Wie werden sie zugeritten? Können wir auch darauf reiten?«
Und bevor wir fuhren, hatte sie gefragt: »Müssen wir Sattel, Zaumzeug und den Putzkasten mitbringen?« Dabei habe ich gar keinen Putzkasten. Auf jeden Fall keinen eigenen. Und Gonzo und Porsche und Stummel erst recht nicht. Ich meine Pferdeputzkästen mit Wurzelbürste, Huf-

auskratzer, Striegel und Kardätsche. So heißt das echt.
So einen Kasten kriegt man vielleicht zum Geburtstag, wenn man Reitstunden hat und ganz verrückt nach Pferden ist. »Eben wenn man nach Pferdemist stinkt«, sagt Gonzo immer, damit Marie wütend wird. Gonzo findet Marie nämlich ein bisschen doof. Aber nur ein bisschen. Denn eigentlich sind wir ja Freunde. Und da darf man sich nicht richtig doof finden. Höchstens mal wütend sein, ein bisschen. Wenn ein anderer hoch bescheuert ist.
Marie hat gefragt und gefragt und genervt. Auch zu Hause schon. Oma Finkenstein hat sich bald die Ohren zugehalten, hat Marie den Hörer vom Telefon hingehalten und hat zu Marie gesagt: »Ich wähl dir die Nummer, ruf einfach selbst an und frag Henriette Knausermann.«
Das war Marie nun auch ein bisschen peinlich. Aber es ging um Pferde und da macht Marie alles. Fast alles. Aber telefoniert hat sie dann doch nicht. Die war so verrückt auf den Reiterhof, die wollte sofort hin, am liebsten auch ohne Ferien. Ohne Ferien geht natürlich gar nichts. Wir mussten warten. Aber jetzt sind endlich große Ferien. Und wir sind auf dem Reiterhof.

Doch das Fohlen ist weg. Piccolo.
Wo ist Piccolo? Wenn ich Marie jetzt wecke, die wird halb verrückt. – Bestimmt. Die wird sofort den ganzen Bauernhof wecken. Ich stehe am Fenster … Ob ich einmal hinausgehe? Einfach nachschaue, ob Piccolo vielleicht in der Nähe des Hauses ist oder im Stall steht? Aber wer sollte Piccolo in den Stall gebracht haben? Das tut doch keiner so zwischendurch: vor allen Dingen nicht in der Nacht. Das kann doch nicht sein! Und ich weiß es ganz genau. Gestern Abend war das Fohlen da, bevor es dunkel wurde. Ich hab ihm »Gute Nacht« gesagt. Natürlich nicht echt mit Kuss und Knuddeln. Auf einem Gedankenstrahl sozusagen. Und ich glaube, Piccolo hat sogar genickt.
Jetzt fällt mir ein: Ich muss ja nur nachschauen, ob Piccolos Mutter da ist. Wenn die nämlich auf der Weide ist, ist wirklich etwas passiert mit Piccolo. Denn eine Mutter lässt ihr Fohlen nicht allein.
Dabei hatte es gestern Streit gegeben um Piccolo. Und nicht nur gestern. Schon seitdem wir da sind. Das war vor drei Tagen. Piccolo ist nämlich erst ein paar Wochen vorher geboren worden. Und dann fragte Marie, was denn mit Piccolo passiere. Typische Marie-Frage. Ich glaube, die hatte sogar

für sich überlegt, ob sie Piccolo mitnehmen könne, sozusagen adoptieren. Wenn das überhaupt bei Tieren geht. Ich kenne mich mit Adoptieren nicht aus.

Aber dann schüttelte Henriette Knausermann nur den Kopf und sagte traurig: »Wahrscheinlich wird Piccolo geschlachtet werden. Mit Piccolos Hüfte ist etwas nicht in Ordnung. Und damit kann er leider kein geeignetes Dressurpferd werden.«

»Aber der ist doch total in Ordnung. Das geht doch nicht.« Marie hat sich vor sie aufgepflanzt: »Piccolo wird nicht geschlachtet.« Die Hände in beide Hüften gestemmt, hat sie die Knausermann angeguckt und hat gerufen: »Stell dir mal vor, dir würde plötzlich gesagt, du würdest geschlachtet, nur weil deine Nase zu dick ist und die Hüfte ein bisschen wackelig.« Das war natürlich wieder peinlich. Tante Henriette humpelt wirklich ein bisschen und hat etwas an der Hüfte.

Die Tante hat gelacht, aber sie hat auch einen Schreck bekommen. Dass Marie so etwas sagt! Einfach so. Vom Schlachten und von Wackelhüften. Aber wenn es um Pferde geht, wagt Marie alles. Und ich finde, das ist richtig so. Denn die Knausermann will nur die aller-allerbesten Pferde. Und das ist ganz schön gemein gegenüber den anderen Pferden. Sie sagte sogar einmal: »Denk mal an das gute Futter, was die Pferde so alles fressen. Das ist teuer!«

»Knauserfrau, Knauserfrau«, hätte ich am liebsten gerufen und ihr die Zunge rausgestreckt. Aber das ist auch frech, sagt meine Mama immer.

Auf jeden Fall sah es um Piccolo schlecht aus. Ein Mädchen aus dem Dorf hat dagesessen. Sie mochte Piccolo besonders, sie hätte ihn wahrscheinlich für sich in Pflege bekommen sollen. Die hat geweint. Dorothee heißt sie. Und die hatte schon extra einen Pferdeputzkoffer zu Weihnachten bekommen. Und den kriegt man wirklich nur, wenn man wirklich mit Pferden etwas machen will.

Die hat einfach dagesessen und geweint und hat gesagt: »Ich überlege die ganze Zeit, was man machen kann. Doch da gibt es wohl nichts. Hat meine Mama auch gesagt. Meinen Papa interessiert es eh nicht. Aber Mama hat gesagt: ›Wenn ein Pferd krank ist oder überhaupt irgendeinen Schaden hat, da kannst du nichts machen. Da greifen die einfach durch.‹«

Jetzt bin ich schon wieder traurig.

Aber noch trauriger bin ich bei dem Gedanken, dass Piccolo eventuell ganz weg sein könnte. Oder

ob …? Ob Dorothee ihn entführt hat? Ob die das tun würde? Echt entführt. Die Dorothee ist echt stark und fast hätte ich mich gefreut. Aber da kam ein anderer Gedanke.
Oder ob sie ihn heute Nacht schon geholt haben, damit er in den Schlachthof kommt?
Das kann alles nicht wahr sein. Piccolo im Schlachthof. Ich renne die Treppe hinunter, habe vorher vorsichtig die Tür geöffnet, damit keiner wach wird. Die Treppe knarrt, ich bremse meine Schritte, damit ich nicht so laut auftapse. Im Halbdunkel des Hauses, es ist ein altes Bauernhaus mit kleinen Sprossenfenstern, sehe ich das Licht von draußen hereinfallen. Es sieht schön aus. Aber mein Herz klopft bis an den Hals. Piccolo im Schlachthof! Ich muss nachschauen, überall, überall, ob Piccolo da ist. ›Piccolo, Piccolo‹, rufe ich. Aber nur hinter den Lippen. Ich schaue im Stall nach. Auch da ist es dämmrig. Aber da ist nichts, nichts, nichts. Klar, da ist nur im Winter etwas los, oder wenn ein Tier krank ist und besondere Pflege braucht. Piccolo war ja draußen bei seiner Mutter und den anderen Pferden. Ich renne zur Weide, es sieht wunderbar aus, das flache grüne, von den Weiden geprägte Land, dazwischen die niedrigen Zäune, darüber der blaue Himmel, an dem nur ein

paar Wolken jagen, ein leichter Wind. Die Mutter von Piccolo ist da. Dann müsste Piccolo doch in ihrer Nähe sein. Piccolo im Schlachthof. Ein Fohlen ist doch bei seiner Mutter.

Aber Piccolo ist nicht da. Ich laufe sogar um die ganze Weide herum. Jetzt muss ich die anderen wecken. Piccolo ist sicher im Schlachthof. Ich habe Wut auf die Knauserfrau. Ich renne zurück ins Haus, ich rase die Treppe hinauf. Ob wir Gonzo, Porsche und Stummel auch schon wecken sollen? Oder sogar Oma Finkenstein, die ist zwei Zimmer weiter. Nein, erst mal mit Marie besprechen! Piccolo im Schlachthof. Das gibt es nicht. Wut und Tränen kommen hoch. Ich rüttele Marie wach.

Marie fragt als Erstes: »Hey, ist doch mitten in der Nacht, was willst du denn?«

Ich sage nur drei Worte: »Piccolo ist weg!« Piccolo im Schlachthof mag ich nicht sagen. Das ist zu grausam und dann werde ich immer wütender.

Sofort sitzt Marie aufrecht im Bett. Sie schreit los: »Das kann nicht sein, das kann nicht sein.« Jetzt sind die andern bestimmt wach! Sie trommelt auf ihre Matratze, sie hat die Schuhe schon an, im Nachthemd rasen wir nach unten, noch einmal

durchkreuzen und umkreisen wir Stall, Weide und alles, wo Piccolo sein könnte. Aber so weit wir auch gucken, es ist keine Einbildung: Piccolo ist weg.

Und Piccolos Mutter steht traurig daneben. Sie mümmelt Gras. Ob sie ihn auch schon gesucht hat? Ob sie weiß, wo er ist? Aber Pferde können ja nicht sprechen.

Leider. Dann könnte sie uns nämlich einfach erzählen, was heute Nacht war.

Aber Piccolos Mutter bleibt stumm und steht dort mit hängendem Kopf.

Und wir sind auch stumm. Traurig, wütend, er-

staunt und aufgeregt. Und auch wir stehen da mit hängendem Kopf.
Piccolo im Schlachthof. Diese innere Stimme ist immer wieder da. Leiser. Lauter. Ich heule und boxe vor Wut auf mein Bett. Die Knauserfrau. Das Futter war ihr zu teuer.

2

Jetzt schreie ich aber laut.
Für Marie war schon das Wort Pferd ein Zauber- und Wachmachwort. Aber nicht für die andern. Die hören gar nicht hin und deswegen bleiben sie erst mal liegen.
»Und davon, dass wir alle wie wild herumlaufen, kommt das Fohlen auch nicht wieder«, meint Gonzo.
»Ich hab es ja gleich gewusst«, ruft Marie immer wieder, »schon gestern Abend habe ich es gewusst.«
Und es stimmt. Als sie sich nämlich alle einen Namen überlegen wollten für das Fohlen, hat sie den Kopf geschüttelt und gesagt: »Das kann alles nicht wahr sein!« Und sie meinte damit Piccolos Hüfte. Und das Schlachten natürlich. Und plötzlich war sie aufgesprungen: »Wir müssen etwas tun. Das kann doch nicht sein, dass Piccolo ein-

fach geschlachtet wird! Nur weil es kein Dressurpferd werden kann. Da muss es doch noch andere Möglichkeiten geben.«

Aber die anderen hatten gar nicht zugehört. Die waren noch bei den Namen.

»Es heißt doch Piccolo«, hatte Oma Finkenstein gemeint.

»Piccolo ist doch kein Name, das heißt doch nur ›Kleiner‹. So kann keiner heißen.«

Gonzo hatte gesagt, er würde es gerne »Schwarzer Flitzer« nennen, und Porsche wollte es »Baxda« nennen, aber Marie hatte sich vor die gestellt und gesagt: »Hört doch auf mit diesen blöden Namen! Stellt euch mal vor, man würde euch schlachten.«

»Wie, uns schlachten?«, fragte Stummel – manchmal schaltet der wirklich nicht.

»Sind Jungen immer so blöd?«, fauchte Marie zurück. Marie war wie eine Furie. Sonst hatte sie doch immer Angst. »Etwas machen müssen wir!« Und sie drehte sich zu uns, entschlossen die Hände in den Hüften: »Und zwar sofort.«

Und wir fanden keinen Namen, obschon Oma Finkenstein extra eine Namensliste anlegte. Aber wir konnten uns nicht so recht entscheiden. Als wenn etwas in der Luft läge.

Dazwischen Marie: »Wir müssen was machen!«
Oma Finkenstein fragte aber weiter nach Namen und Gonzo meinte: »Die Weiber sind doch bescheuert.« Da knallte Marie ihm eine. Oma Finkenstein schreit: »Ruhe!«
Ich streckte Gonzo die Zunge raus, obwohl ich ihn immer noch mag. Und Porsche wollte nach draußen, weil er fand, dass jetzt wohl alle spinnen.
»So geht das nicht«, mit den Worten schickte Oma Finkenstein uns, weil sie sauer war und wir so einen Krach machten, ins Bett. Ich fand das gemein. Aber sie bestand darauf.
Ich hab Oma Finkenstein gesagt, dass *sie* eigentlich ins Bett müsse, sie und Henriette Knausermann. Denn schließlich waren die böse. Die wussten, dass ein Tier geschlachtet wird, und machten nichts. Das finde ich echt gemein. Und ich finde, dass Erwachsene fast noch öfter gemein sind als Kinder. Weil die es dazu noch nicht mal merken – und nicht merken wollen. Sie tun einfach nichts, nehmen alles hin, ziehen kaum die Schultern hoch und machen dumme Sprüche wie: »So ist der Lauf der Welt.«
»Nichtstun ist gemein«, murmelte ich. Aber sie schickte uns trotzdem hoch.

»Ich bin sauer«, sagte sie. Aber wir waren viel saurer.
Wenn es den Erwachsenen nicht passt und sie keine Lust haben, darüber nachzudenken, dann schicken sie die Kinder einfach ins Bett. Aber hier musste man schließlich ein Leben retten!
Ein Piccololeben, ein Pferdeleben. »Leben ist Leben«, hat Marie gesagt.
Marie und ich haben noch lange, lange im Schneidersitz auf dem Bett gehockt, haben überlegt, was man machen kann. Wir haben auch überlegt, warum wir eigentlich so wütend sind auf Oma Finkenstein.
»Wenn sie hört, dass Piccolo geschlachtet wird, zieht sie nur die Schultern hoch und sagt ›Schade‹«, meinte ich.
»Das macht mich wütend«, sagt Marie.
»Aber es ist irgendwie nicht richtig böse, sondern eher feige«, sage ich, »denn sie tut nur nichts. Sie lässt einfach alles so laufen. Und das tun Erwachsene ganz schön oft. Sie tun nichts, auch wenn etwas sehr traurig ist. Sie versuchen oft erst gar nicht, etwas zu ändern.«
»Und das nenne ich böse«, sagt Marie.
Marie will am nächsten Tag ihre Eltern anrufen, ob sie das Fohlen adoptieren kann.

Das ist natürlich traurig für Dorothee, die es ja auch adoptieren will, aber immer noch nicht so traurig wie Schlachten.
Danach sind wir eingeschlafen. Geträumt habe ich von Entführung und Leben retten und verstecken. Und jetzt sind wir wach.
Hellwach und noch wütender und trauriger als gestern Abend.

»Wir müssen Piccolos Leben retten!«, sagte Marie. Gestern Abend. Aber jetzt ist Piccolo weg. Und die Worte »Piccolo im Schlachthof« sausen immer noch durch meinen Kopf.
Obwohl Marie so laut schreit, werden Stummel, Porsche und Gonzo immer noch nicht wach. Sie liegen weiter seelenruhig in ihren Betten und schlafen. Ich glaube, denen könnte man das Bett unterm Po wegklauen, dann würden die weiterschlafen. Sie würden höchstens fragen: »Ist was?« Und weiterschlafen.
Marie schlägt immer wieder die Hände über dem Kopf zusammen und ruft: »Ich wusste es, ich wusste es. Irgendwie habe ich geahnt, dass mit diesem Fohlen noch etwas passiert.«
Da wecken wir Henriette Knausermann und Oma

Finkenstein. Sie sind auch erstaunt, entsetzt. O Wunder! Wissen sie wirklich nichts? Also ist Piccolo doch nicht im Schlachthof?!
Und während sie auch mit den Händen in der Luft fuchteln, so traurig und durcheinander sind sie, wollen sie schon zum Telefon rennen. Da sagt Oma Finkenstein zu uns: »Zieht euch Schuhe an, tut mir bitte einen Gefallen. Seht in der Wiese und auch in den umliegenden Gehölzen noch einmal nach, ob das Fohlen irgendwo verletzt liegt. Vielleicht ist ja dem Fohlen etwas passiert.« Sie ist völlig fertig. Warum auf einmal jetzt? Gestern Abend war sie so gefühllos! Erwachsene. Wer kommt da wohl hinter? Sie setzt sich hin. Marie und ich stürmen natürlich noch einmal die Treppe hinunter, wecken jetzt aber wirklich Gonzo, Stummel und Porsche, ziehen ihnen die Bettdecken weg. Und nachdem wir ihnen gesagt haben, was los ist, sind sie sofort dabei und stürmen im Schlafanzug hinunter. Wir suchen alles ab, auch die umliegenden Gebüsche, die ein bisschen höher sind, wo durchaus ein Fohlen versteckt liegen könnte. Aber warum suchen wir eigentlich? Das hab ich doch alles schon abgesucht!
Marie sagt immer wieder: »Die Mutter hätte es doch sicher schon gefunden, wenn das Fohlen

hier läge. Insofern ist es fast überflüssig, dass wir suchen.«
Marie hat Recht. Völlig Recht. Das hab ich heute Morgen doch auch schon gedacht.
Traurig gehen wir wieder nach Hause.
Wir lassen die Schuhe alle vor der Tür stehen, denn Lehm klebt dran und Gras und Brennnesseln und altes Unkraut. Henriette Knausermann wählt die Nummer der Polizei. Irgendwie komisch finde ich das. Also schlachten lassen, das wollten sie, die Erwachsenen. Aber jetzt, wo das Fohlen weg ist, macht sie einen riesigen Aufstand.
»Was wollen die eigentlich?«, frage ich Marie.
»Alles bestimmen«, sagt Marie. Und da ist wirklich etwas dran.
Die Polizei will sofort kommen.
Genau in dem Augenblick kommen die Mitarbeiter des Hofes herein zum Frühstück. Um acht Uhr ist halt Frühstückszeit. Und Henry, den wir alle sehr mögen, hebt die Hände und sagt: »Man ruft doch nicht sofort die Polizei an!«
»Und was soll ich sonst tun?«, fragt Henriette Knausermann. Sie steht vor Henry, die Hände in die Hüften gestützt. Sie schaut ihn an. »Was soll ich tun?«
»Weitersuchen, weitersuchen!«, sagt Henry, »man

ruft doch nicht sofort die Polizei!« Er kratzt sich dabei am Kopf. Es sieht fast so aus, als wenn er überlegte. Wahrscheinlich überlegt er, wo wir noch suchen könnten. Aber wir haben wirklich alles abgesucht: die umliegenden Felder, Büsche, Ställe. Auch hinter dem Haus haben wir geguckt.

Aber Henry scheint mit irgendetwas beschäftigt zu sein, irgendetwas, was wir nicht durchschauen können. Henriette Knausermann merkt das und fragt sogar: »Oder weißt du mehr?« Sie schaut ihn dabei scharf an.

»Nein, nein«, Henry schüttelt den Kopf.

»Nein, nein«, noch einmal. Er kratzt sich am Kopf. »Aber hat denn schon mal jemand hinterm Haus geschaut?«

Natürlich stürmen wir wieder alle mit Henry hinaus. Wir schauen also auch auf der anderen Seite, wo die Anfahrt des Hofes ist, eine prächtige Allee aus alten Bäumen, die wir, als wir ankamen, mit großem Staunen gesehen haben. Auf der wir auch abends spielen in der untergehenden Sonne. Die aussieht, als wenn dieser Hof ein Prachthof wäre. Doch Henry will noch weiter gucken. Noch hinter der Allee. Weiter, weiter. Aber er überlegt mehr, statt zu gucken. Komisch ist der. Als ob er Zeit brauchte zum Nachdenken. Ich weiß nur, dass er vom Nachbarhof stammt und bei Henriette Knausermann ein achtmonatiges Praktikum macht. Er will anschließend wahrscheinlich Landwirtschaft studieren. Ob ich ihn mal frage? Aber ich kenne ihn noch nicht ganz. Das Fohlen bleibt verschwunden. Da gehen wir alle mit gesenkten Köpfen hinein, setzen uns an den Frühstückstisch.

Dampfende Milch, Kakao, Kaffee, dazu frisches Brot, das Henriette Knausermann selbst in ihrem Steinbackofen backt, Schinken, Butter, Marmelade. Gestern haben wir richtig zugegriffen, aber heute fehlt uns der Appetit. Wir essen fast schweigend, bis auf einmal Marie fragt: »Was wird eigentlich aus den Pferden gemacht, wenn die geschlachtet werden?«

»Hör auf, hör auf«, sage ich. »Ich will das jetzt nicht hören. Man muss doch nicht sofort das Schlimmste heraufbeschwören.«

Ich packe mir vor lauter Aufregung drei Löffel Marmelade auf ein winziges Brot. »Tierexperimente finde ich schrecklich«, Marie kaut auf ihrem Marmeladenbrot herum. Sie kaut bestimmt schon 50-mal auf der gleichen Stelle.

Porsche isst vor Aufregung schon sein viertes Brötchen.

Doch Gonzo schaltet sich ein: »Manchmal sind

Tierexperimente schon notwendig«, sagt er. »Natürlich nicht alle. Wenn ich zum Beispiel an die ganze Schminke denke, die an armen Tieren ausprobiert werden, dann kriege ich zu viel.«
Mir wird fast schlecht. Speiübel. Ich halte mir die Ohren zu.
»Ich will jetzt nichts davon hören, ich will jetzt nichts davon hören!«, rufe ich. Da kippt Hannes Henriette Knausermanns Kaffeetasse um.
»Bravo«, ruft Stummel. Blödmann. Aber irgendwie scheint es alle gepackt zu haben, als wenn dieses Thema jetzt von dem Fohlen ablenken könnte. Henriette Knausermann weint. Nicht wegen der Kaffeetasse. Wegen Piccolo. Jetzt auf einmal. Warum heult die? Wut und Mitleid. Oma Finkenstein motzt Gonzo an: »Schmatz nicht so!« Gonzo verzieht das Gesicht. Moritz will Müsli und ganz viel Kakao.
Alfred sitzt hinten in der Ecke. Alfred ist auch einer der Mitarbeiter, der schon lange hier ist. Er grinst, so als wolle er uns ärgern und sagt: »In Fabriken wird dann oft Seife aus den Pferden gemacht und wahrscheinlich werden aus den Fellen Teppiche und aus den Haaren Bürsten gemacht.«
Ich halte mir die Ohren zu. Ich sage jetzt nichts

mehr. Ich will auch nichts mehr hören. Die hören dann erst recht nicht auf. Das Fohlen ist weg, und das ist eine ernste Sache. Und eines finde ich jetzt gut: Henriette Knausermann und Oma Finkenstein nehmen das mit Piccolo jetzt endlich ernst. Gestern, als es nur hieß, er werde geschlachtet, da sah es so aus, als wäre ihnen das egal. Aber jetzt sind sie wirklich ernsthaft dabei.

Alfred redet weiter. Ich finde, der Alfred ist manchmal eklig. Obwohl es doch ein bisschen ablenkt. Aber er macht noch weiter. Er redet von Teppichen und Seife und Experimenten mit Cremes für Frauen, die schön sein wollen. Ich hätte den echt nicht für so grausam gehalten. Ist er ja auch nicht, er sagt ja nur, wie es in Wirklichkeit aussieht.

Ich gieße mir Kakao ein, ich nehme noch einmal Marmelade.

Hannes will ganz viel Honig auf sein Brötchen.

Genau in dem Augenblick klingelt es an der Haustür. Die Polizei.

3

Die Polizei nimmt den Fall auf. Sachlich und kühl. Es ist eine junge Polizistin dabei, eine mit blondem Pferdeschwanz, die die besten Fragen stellt. Sie kann auch unser Traurigsein verstehen und die Wut. Sie mag Pferde gern und gehört zur berittenen Polizei. Ihr Kollege, ein alter schnauzbärtiger Griesgram, kratzt sich dauernd den Kopf, putzt die Nase und sagt:
»Ein Fohlen stehlen«, er schnieft, »ja, wer stiehlt denn ein Fohlen?«, und nach Überlegung fügt er hinzu, »das muss ein harter Geschäftsmann sein.«
»Wie? Hart?«, fragt Marie.
Er reibt die Hände und sagt: »Hier, Pinke rausholen.« Pinke ist Geld, das weiß ich.
Henry ist empört: »Das glaube ich nicht.«
Er fuchtelt mit den Händen herum. Der Polizist nimmt seine Kappe ab, streicht sich wieder über den Kopf.

»Na, ja«, sagt er, »warten wir's ab. Ich hab da so meine Erfahrung. Geld regiert die Welt.« Ob der die Knauserfrau kennt? Ist sie wirklich so knauserig? Wollte sie wirklich noch einen guten Kilopreis für Pferdefleisch herausholen? Aber so viel ist doch an einem Fohlen gar nicht dran. Der Polizist redet wieder von Geld.
»Dummes Zeug«, entgegnet Henry.
»Wir werden es wiederfinden«, sagt die Polizistin.
»Aber wie?«, fragt Henriette Knausermann.
Da fängt Marie an zu reden, alles was wir heute

Nacht überlegt haben. Man hätte das Pferd doch reiten können, auch wenn es kein Spitzenpferd wird. Man hätte es für Therapien nehmen können. Das ist genau das, was Henry wollte. Er hatte Henriette Knausermann überreden wollen, es für Reittherapien zur Verfügung zu stellen. Er meinte, dass es dafür gerade mit diesem Hüftschaden, den es hatte, besonders geeignet sei. Henry ereifert sich schon wieder. Henriette Knausermann sagt: »Wir haben doch nicht die Ställe, nicht die Reithalle, nichts!«

»Aber für Therapien hier im Dorf in der Reithalle. Da könnte man es zur Verfügung stellen«, wieder Henry.

Aber Henriette Knausermann wollte nicht und sie will nicht. Sie sagt ganz einfach: »Ich will nur Spitzenpferde.«

»Und das geht nicht!«, sagt Henry ärgerlich, »man kann sich nicht bei allem nur die Spitze aussuchen. Man muss auch ein solches Fohlen akzeptieren können und ihm die Möglichkeit zu leben geben.« Henry schnäuzt sich ärgerlich. Die Polizisten ziehen sich zurück: »Wir melden uns!« Knall geht die Tür.

»Aber dafür ist mein Hof nicht eingerichtet«, sagt Henriette Knausermann. »Und ich auch nicht«, schnaubt sie ärgerlich hinterher. Und leiser sagt sie: »Ich halte auch nichts davon.« Doofe Henriette Knausermann. Marie stampft.

Ich bin wütend.

»Dann muss man etwas ändern«, wendet Henry ein.

Der gefällt mir immer besser, wie er da in seinen alten Stallklamotten und seinem blonden Schnauzbart steht.

Aber die blöde Henriette Knausermann wischt das mit einer Handbewegung weg und sagt nur noch einmal: »Ich will nicht.«

Und am liebsten hätte sie wahrscheinlich noch dazu gesagt: »Und ich bestimme hier!«

Das ist ja alles zum Auswachsen! Was machen wir bloß?

Henriette Knausermann hatte bisher eben nur Spitzenpferde, die in Katalogen für Spitzenpferde und sogar auf Auktionen angeboten werden. Und dabei will sie auch bleiben. Henry versucht noch einmal, ihr zu sagen, dass es in der Natur halt immer wieder auch Lebewesen mit Fehlern geben müsse. »Leben ist nicht immer vollkommen und perfekt.« Aber Henriette Knausermann begreift nicht oder will nicht. Sie blättert sogar demonstrativ in einem Katalog, da sie für das Fohlen einen Ersatz braucht. Sie hatte vorgehabt, das Fohlen wirklich für das Dressurreiten ausbilden zu lassen. Und jetzt will sie ein anderes kaufen und dieses schlachten lassen.

»*Das* nehme ich.« Sie zeigt auf ein Bild in ihrem Katalog. Sie will es Henry zeigen. Der dreht sich weg. Sie zeigt es Marie, die sagt, dass sie es nicht mag.

Gut, dass Oma Finkenstein nicht so stur ist wie die. Manchmal wohl. Aber oft lacht sie dann selbst über sich. »Erwachsene sind dickköpfig.«

Marie überlegt: »Keinen Punkt rechts und keinen Punkt links und keinen Strich und keine Linie daneben, nur das, was sie wirklich wollen und was sie für richtig erachten. Es kann vielleicht sein«, meint sie, »dass sie damit ein bisschen weiterkommen. Dass sie reicher werden und bekannt sind zum Beispiel für ihre Spitzenpferde.« Das sagt Marie mit Zorn in der Stimme.

»Aber sie verlieren dabei auch ganz schön. Etwas, was man mit Geld nicht kaufen kann«, meint Porsche. Gerade Porsche, der auf einen Porsche spart und immer herumspinnt davon.

Wir sind alle sauer. Auf die sture Henriette Knausermann. Und traurig. Denn hier geht es um eine wirklich entscheidende Frage. Ist so ein Pferd wie

Piccolo nichts wert? Darf man das wirklich töten? Nein, nein, nein. Ich bin traurig, wütend und durcheinander.

Wir wollen etwas machen, aber irgendwie treten wir auf der Stelle. Sogar wörtlich. Denn wir stehen im Hof herum und überlegen.

Henry redet immer noch auf Henriette Knausermann ein. Er erklärt ihr das mit den Therapien: »Bei den Therapien ist das so: In jeder Therapiestunde ist immer ein Kind für ein bestimmtes Pferd verantwortlich. Das Kind lernt, mit dem Pferd umzugehen, es zu pflegen und zu reiten. Das ist ein richtiges Erlebnis«, sagt Henry. »Auf meinem elterlichen Hof«, fährt Henry fort, und er strahlt dabei, »haben wir vor etwa drei Jahren mit diesem therapeutischen Reiten begonnen. Wir haben uns mit einer Station des Kinderkrankenhauses zusammengetan. Langzeitpatienten aus diesem Krankenhaus machen Reittherapie als Ergänzung zu anderen Behandlungen.« Henry streicht sich über die Stirn. Der Gedanke daran scheint ihn sehr zufrieden zu machen.

»Und außerdem«, erklärt er weiter, »wenn dann auf diesem Hof solche Pferde neben Spitzenpferden sind, dann fühlen gerade die Kinder, die nicht mit allem fertig werden, wie sehr auch unvollkommene Lebewesen gemocht und angenommen werden. Wir können nicht nur das Perfekte fördern und lieben.«

»Ich finde den Henry total toll«, flüster ich Marie zu.

Henry springt auf, er läuft jetzt aufgeregt hin und her. Er wirkt nervös und angespannt.

»Das Leben ist kein Zuchtbetrieb«, sagt er, »wo das, was unperfekt ist, ausgesondert werden darf.«

Ich habe fast den Eindruck, als wenn Henriette Knausermann an dieser Stelle nachdenklich wird. Vor allen Dingen, als ihr kleiner Enkel Hannes angerannt kommt und sagt: »Oma, Piccolo wäre doch ein schönes Kuschelpony!« Und er schmiegt sich dabei an den Rock seiner Oma. Da merke ich, dass sie weich wird. Hannes ist drei Tage in der Woche bei seiner Oma und ist gerade eben von seiner Mutter gebracht worden. Aber das Fohlen ist ja weg, also steht das jetzt nicht mehr zur Debatte. Aber an ihrem Gesicht sehe ich, als sie ihren kleinen Hannes streichelt, dass sie ihn sehr mag. Und dass sie auf einmal diese Idee gar nicht mehr für so schlecht hält. Die Idee, ein Fohlen zum Liebhaben.

Ich schaue auf die Uhr. Eigentlich ist jetzt Reitstunde. Die Reitstunde fällt heute wohl aus. Die

Reitlehrerin kommt zwar, stellt sich auch zu uns in den Hof. Aber keiner hat recht Lust, eine Reitstunde zu machen. Dabei hatten wir uns so gefreut. Sogar Gonzo, Stummel und Porsche wollten mitmachen. Wir haben alle Sachen, die wir zum Reiten anziehen können, aus unseren Schränken zusammengesammelt. Natürlich war Marie da oben auf, denn sie wusste, dass man, wenn man schon keine Reitstiefel hat, feste Schuhe anhaben muss. Sie wusste auch, dass man einen Reithelm tragen muss. Den können wir in der Reitschule von anderen Kindern leihen. Natürlich reiten wir alle in Jeans, wir haben keine Reithosen. Darauf kommt es nicht an, hat sogar Marie gemeint.
Nur der Putzkoffer. Ich hatte ja keinen. Ich war traurig und unsere Nachbarin sagte, sie wolle mal gucken.
Und dann hat die Nachbarin einen vorbeigebracht: »Der stand bei mir auf dem Dachboden. Meine Tochter hat aufgehört. Er ist sogar voller Spinnweben.« Ich schrubbte und polierte ihn. So etwas Tolles. Da hatte ich auf einmal richtig Lust zu reiten. Komisch!
Ich bin sogar richtig stolz auf meinen Putzkasten, einen roten Putzkasten, der so aussieht wie Papas Werkzeugkasten. Mit einem Griff in der Mitte

und echt aus Plastik. Darin liegen ein blauer Mähnenkamm, ein Hufkratzer, der ist rot, dann noch ein Hufkratzer mit einer Bürste, den hat mir meine Oma spendiert. Und schließlich eine Wurzelbürste und ein Schwamm. Das fand meine Mama besser, und sie hat ihn mir geschenkt, weil sie sagte, man muss ja auch den Pferden das Gesicht mal sauber machen, vor allen Dingen, wenn sie geschwitzt haben.

Mit meinem roten Koffer an der Hand gehe ich zum Stall. Alfred und Henry haben inzwischen die Pferde von der Weide hierher geführt in den Hof. Denn mindestens einmal am Tag müssen sie gestriegelt und geritten werden. Wenigstens das machen wir heute. Marie und die Reitlehrerin und auch Henry und Alfred zeigen uns, wie wir langsam anfangen, ein Pferd zu striegeln.

Als Erstes müssen wir uns das Pferd genau ansehen, ob es irgendwo verletzt ist, das heißt, ob man es überhaupt reiten darf. Gott sei Dank ist kein Pferd verletzt. Dann rubbeln wir es in Fellrichtung. Das hat uns die Reitlehrerin beigebracht. Marie sagt, dass in ihrer Reitschule auch manchmal gegen die Fellrichtung gerubbelt wird.

»Aber nur, wenn das Pferd sich besonders schmutzig gemacht hat«, sagt die Reitlehrerin.

Für den Körper dürfen wir die Kardätsche und auch die Wurzelbürste nehmen. Für den Kopf nehmen wir eine weichere Bürste, die ich mir allerdings ausleihen muss, weil meine Mama das natürlich auch nicht gewusst hat. Sonst hätten wir bestimmt im Haus noch eine gefunden. Aber ich weiß, dass ich mir zu Hause von meinem gesparten Geld eine weiche Bürste kaufen werde. Und jetzt muss ich den Schweif kämmen. Das ist ganz schön schwierig, denn die Haare sind ziemlich durcheinander und ziepsig. Ich ziehe sie vorsichtig auseinander. Ich weiß ja, wie das bei mir war, als ich noch lange Haare hatte. Da wollte meine Mama mich manchmal kämmen und ich habe ›Aua‹ und ›Autsch‹ gerufen. Und genauso muss das jetzt bei dem Pferd sein. Es zuckt manchmal zusammen, bleibt aber friedlich stehen. Und ich bin vorsichtig.

Danach satteln Henry und Alfred ihre Pferde und wollen ausreiten. Schade, dass wir heute nicht können. Aber irgendwie braucht man dafür gute Stimmung. Vor allem beim ersten Mal. Henry und Alfred und die Reitlehrerin zeigen uns wenigstens, wie man ein Pferd richtig an die Hand nimmt, sie zeigen uns, wie man aufsteigt, dass man den Gurt am Sattel sehr stramm ziehen muss, dass man den

Steigbügel ganz nach unten rutschen lassen muss. Sie zeigen uns auch, wo man anfassen muss beim Aufsteigen, und schwups sitzt Marie oben. Danach will ich aufsitzen. Das fühlt sich sehr komisch an. Alfred hilft mir, er hält mich fest, er hält mein Bein fest, das ich in einen Steigbügel gesetzt habe, und ich sitze. Ja, ich sitze oben auf dem Pferd. Juchhu! Da wollen natürlich Gonzo, Porsche und Stummel auch, aber genau in dem Augenblick kommt der Polizeiwagen wieder in den Hof gefahren. Marie ist als Einzige losgeritten, sie darf alleine eine kleine Runde drehen, weil sie schon Erfahrung hat. Aber mich nehmen sie vorsichtshalber herunter vom Pferd. Ich habe noch kein Gefühl dafür und wir müssen morgen erst Gleichgewichtsübungen machen, sagt die Reitlehrerin, und üben, wie wir Zügel und Füße halten. Spannend! Aber die Polizei ist da. Ob sie das Fohlen gefunden haben? Nein. Sie wollen weitere Fragen stellen. Ob sie wirklich suchen wollen? Ich hatte nämlich erst den Eindruck, als sei ihnen das egal.
Am Nachmittag ruft Marie sogar ihre Mutter an. Marie ist wie besessen von dem Gedanken, dass sie das Pferd adoptieren könnte. Und dann will sie später Reitlehrerin werden oder Tierärztin oder

etwas, das ganz viel mit Pferden zu tun hat. Das alles erzählt sie ihrer Mutter. Die Mutter überlegt wohl lange, auch mit Maries Vater, sagt aber schließlich: »Marie, die Reitstunden sind schon teuer, aber um wirklich ein Pferd, ein eigenes Pferd zu haben, haben wir einfach nicht genug Geld.«
Marie ist enttäuscht. Sie hat aufgelegt. Sie weint.

Ich weine ein bisschen mit. Weil wir einfach so hilflos sind. Was passiert denn jetzt mit dem Pferd, wenn es wiedergefunden wird? Aber gleichzeitig wissen wir, das Pferd ist ja weg. Wo ist das Fohlen? Am liebsten möchte ich durch die ganze Welt rennen und das Fohlen suchen. Ich bin traurig. Da sieht Henry mich weinend in der Ecke stehen. Er

kommt auf mich zu und sagt: »Ich wollte auch, es wäre wieder da.« Und dann dreht er sich um und er zwinkert mir zu. Hat das etwas zu bedeuten?
Marie und ich sind noch mehr durcheinander. Ob Henry weiß, wo das Pferd ist? Tränen, Wut, Fetzen von Freude. Alles ist in meinem Kopf und Bauch. Es rumort. Es kribbelt.
Aber er sagt nichts oder weiß nichts. Wir haben trotzdem wieder Hoffnung. Vielleicht ist dem Fohlen doch nichts passiert.
Vielleicht hat Henry es nur versteckt, um alle ein bisschen wachzurütteln und vor allem Henriette Knausermann zum Nachdenken zu bringen.
»Aber nur vielleicht«, sagt Marie. Sicher sind wir nicht, und wenn wir fragen, wird Henry vielleicht sauer. So gut kennen wir ihn ja noch nicht.

4

Marie und ich gehen in unser Zimmer. Wir beratschlagen. Wir müssen Henry beobachten. Und nicht nur den. Wir müssen einen ganzen Plan aufstellen. Einen Detektivplan. Dahinein gehört natürlich Henry. Aber wir müssen auch alle Weiden in der Nachbarschaft ansehen. Ob das Fohlen einfach da hingebracht wurde? Aber von wem? Alfred? Oder von beiden zusammen? Oder wirklich nur Henry? Wir müssen ihn als Erstes beobachten. Aber wie? Wenn wir den ganzen Tag hinter ihm herlaufen, ist das zu auffällig. Henry wird zwischendurch in den Ställen und dann wieder auf der Weide oder mit Auto oder Fahrrad unterwegs sein. Henry wird sich um die Pferde kümmern müssen. Wie sollen wir ihn beobachten? Verflixt.

»Und außerdem«, sagt Marie, die mir wieder mal auf dem Bett im Schneidersitz gegenübersitzt,

»was ist, wenn Henry merkt, dass wir hinter ihm herlaufen? Wenn wir ihm zum Beispiel sagen, wir wollen ihm einen Tag bei der Arbeit zusehen, dann wird er erst recht nicht zu dem Fohlen gehen.«

»Ganz im Gegenteil, er wird wahrscheinlich ganz schön gereizt und sauer, weil er dann auf die Dauer merkt, ich kann ja gar nicht zu dem Fohlen. Die hängen mir den ganzen Tag in den Hacken«, entgegne ich.

Also geht das nicht. Wir können nicht mit Henry laufen, auffällig auf jeden Fall nicht. Aber unauffällig? Geht das? Wir müssen uns teilen. In Spähtrupps. Mal muss eine Truppe spähen, mal die andere. Ich will aber auf alle Fälle mit Marie spähen, denn jetzt auf einmal merke ich, wie gerne ich etwas mit Marie mache. Einfach mit ihr zusammen, denn ihre ganze Zimperlichkeit und Zickigkeit ist wie weggeblasen.

Vor allem müssen wir das auch mit Stummel, Porsche und Gonzo alles genau abstimmen. Wir müssen einen Plan machen! Aber den darf keiner sehen außer uns! Wir setzen uns in die Zimmermitte alle im Schneidersitz auf den Boden. Es ist fast wie eine Bandensitzung. Wir beratschlagen. Marie und ich tragen noch einmal vor, zu welchen

Vermutungen wir gekommen sind. »Ich glaube wirklich, der Henry hat das Fohlen versteckt«, meint Gonzo.

Porsche erzählt, dass sogar einige Dinge darauf hinweisen, denn die Mutter des Fohlens, die wahrscheinlich gewiehert hätte, wenn das Fohlen ihr einfach nachts gestohlen worden wäre, die kannte Henry und deswegen hat sie wahrscheinlich ruhig gehalten oder konnte beruhigt werden in der Nacht, als Henry ihr Fohlen geholt hat. Porsche schiebt seine Kappe in den Nacken. »Echt speedig.«

Ich reiße erst mal das Fenster auf, um das Gehirn durchzulüften.

»Mach wieder zu«, meint Porsche, »da unten kann doch jeder mithören.« Mist. Ich knalle das Fenster zu.

Wir sind jetzt ganz sicher, dass Henry es war.

Oder ob Alfred mit unter der Decke steckt?

»Dieser Ekeltyp hat das nie getan!«, sagt Marie. »Der hat sich doch lustig gemacht darüber. Der hat da herumgesponnen, was aus Pferden alles gemacht werden kann.«

»Vielleicht hat er das nur getan, um abzulenken. Das machen echte Kriminelle genau so. Die wollen gerade ablenken, deswegen sagen sie etwas,

was sie eigentlich gar nicht denken.« Das wendet Stummel ein. Stummel ist schlau, detektivisch, pfiffig. Wir merken, dass er nachdenkt: »Ich glaube, wir müssen beide beobachten. Den Alfred und den Henry. Ich halte den Alfred für genauso verdächtig wie den Henry.«

»Vielleicht waren sie es ja beide, vielleicht haben sie sich zusammengetan und haben zusammen das Fohlen bei einem Nachbarn versteckt.«

»Du spinnst doch wohl, der Ekel-Alfred. Der hat das niemals getan!« Marie ist ganz aufgebracht.

Aber wir wissen es nicht. Und das mit dem Ablenken halte ich nicht für so abwegig. Denn er ist sonst wirklich nett!

»Vielleicht hat er nur die Knauserfrau schocken wollen«, sage ich. Alle nicken. Es ist eindeutig. Wir müssen beide beobachten.

Wir machen einen richtigen Plan. Wir müssen die beiden wirklich, und zwar unauffällig, den ganzen Tag beobachten. Das wird ganz schön schwer. Vor allem während der Essenszeit. Wenn Henriette Knausermann nämlich Mittagessen macht. Die Mitarbeiter können ruhig sagen, sie hätten etwas zu tun in der Zeit, aber wir können das nicht. Da muss sich einer unauffällig davonmachen und eventuell sagen, ihm sei schlecht.

»Und der muss noch so tun, als ob er keinen Hunger hätte!«, sage ich. Der Arme!
Das ist ein echtes Problem. Denn Hunger haben wir hier genug. Wir merken allmählich, wie er wiederkehrt. Ich habe jetzt schon Hunger und es ist erst neun Uhr. Was soll das erst mal heute über Tag werden, vor allem, wenn einer von uns auf das Mittagessen verzichten muss?
»Dann müssen wir halt zusammenschmeißen und dann kann jemand sich was an der Bude holen«, sagt Porsche.
Ich schaue Porsche an: »An welcher Bude denn bitte? Meinst du hier im Wald steht eine Würstchenbude?«
Wir lachen uns scheps. Wir haben wirklich alle die Vorstellung aus unserer Stadt, dass an jeder Ecke ein Kiosk, eine Bude oder sonst irgendetwas ist, wo man sich eine Currywurst holt. Wir sind hier auf dem Land. Wir lachen über uns selbst. Also gibt es so etwas nicht. Porsche schiebt wieder seine Kappe nach hinten: »Echt speedig!«
»Also müssen wir für den, der verschwunden ist, einfach etwas mitnehmen vom Esstisch«, meint Stummel.
»Das übernehme ich«, sagt Gonzo. »Es sei denn, ich bin derjenige, der nicht da ist.«

»Im Zweifelsfall übernehme ich das, falls du derjenige bist, der beschattet.«
Wir sitzen also in der Runde, der Plan liegt in der Mitte. In Zweiergruppen sind wir alle zwei Stunden dran, werden dann abgelöst, und zwar durch einen Pfiff. Wir üben den Pfiff. Der Pfiff ist die Übergabe. Der Pfiff sitzt bei mir noch nicht so ganz richtig. Das liegt einfach daran, dass meine blöden Zähne falsch stehen. Ich habe eine Klammer, mein Biss ist nicht richtig, sagt der Zahnarzt immer. Und deswegen kann ich nicht pfeifen, weil die Luft nicht richtig durchkommt. Verflixt, aber irgendwie werde ich es hinkriegen.
»Sollen wir nicht auch einen Fotoapparat mitnehmen?«
»Auja, das ist eine Superidee«, Marie springt hoch und kramt ihn sofort aus ihrem Rucksack.
Danach machen die ersten beiden sich auf den Weg.
Als Erste Stummel und ich. Ich muss den Henry beschatten. Stummel den Alfred.
Aber wir finden beide nicht. Sie sind angeblich da, sagen alle, die ich frage. Aber ich frage in der Küche, ich frage im Stall, ich frage überall, wo ich fragen kann, doch keiner hat die beiden gesehen. Das ist schon komisch.

»Verdächtigungen sozusagen«, sagt Stummel fachmännisch.

»Dann sind die zusammen irgendwo.«

»Nicht irgendwo. Beim Fohlen!«

»Wer weiß, wer weiß.« Wir setzen uns auf einen Hocker mitten in den Hof und spielen Kniffel. Dabei können wir gut beobachten, man muss sich nicht so anstrengen beim Überlegen. Kniffel ist leicht. Wir müssen warten, bis einer von den beiden wieder auftaucht. Was anderes bleibt uns nicht übrig. Aber kostbare Stunden verstreichen dadurch.

Nach zwei Stunden endlich tauchen sie auf. Sie kommen zusammen. Ob sie zusammen etwas gemacht haben?

»Ich hab's ja gesagt«, murmel ich. Stummel flüstert mir zu: »Die stecken unter einer Decke, die haben zusammen das Fohlen versteckt.«

Aber dann fangen die beiden an zu reden und zu fragen: »Hat die Polizei schon wieder etwas unternommen?« »War die Polizei hier?« Warum fragen die? Die haben wahrscheinlich ein unruhiges Gefühl gegenüber der Polizei.

»Woher sollen wir das wissen?«, sage ich ziemlich gereizt. Die Frage ist komisch, entweder wissen sie wirklich nichts, sie wollen ablenken oder sie haben Angst, wir beobachten sie den ganzen Tag, aber sie beschäftigen sich nur auf dem Acker, auf der Weide, Alfred repariert einen Zaun, Henriette Knausermann will schließlich mit Henry noch etwas besorgen in der Stadt. Es wird fast langweilig. Es tut sich nichts, nichts, nichts. Eigentlich das übliche Spiel. Immer wenn man wartet, ganz gespannt ist und wenn man also wirklich meint, den anderen gut zu beobachten, kommt als Erstes eine Riesenphase von Langeweile. Wir beobachten bis zum Abend. Aber Stummel sagt: »In den zwei Stunden heute Morgen, da können sie alles erledigt

haben. Füttern, striegeln, ausmisten. Alles. Sogar das, was sie vorher noch nicht geregelt hatten.«
Es bleibt uns nichts anderes übrig. Wir müssen weitermachen. Wir müssen warten.
Bis auf einmal Gonzo sagt: »Und wenn es die Knauserfrau selbst war?«
»Die versteckt doch das Fohlen nicht!«, zischt Marie.
»Vielleicht ist das Fohlen ja schon beim Schlachthof«, meint Porsche.
»Spinner«, sage ich.
Aber Porsche hat nicht Unrecht.
Müssen wir die also auch beobachten?
Die Knauserfrau.
»Wahrscheinlich hat sie für das zarte Fohlenfleisch echtes Geld herausgeschlagen«, grinst Gonzo.
»Hör auf!« Sogar Stummel will nichts davon hören.
Marie und ich machen einen richtig komplizierten Spionierplan.
»So etwas muss man planen«, sagt Marie.
Ich erkenne Marie gar nicht wieder. Sie hat weder Angst, noch ist sie so zögerlich, zimperlich oder zickig, wie sie sonst manchmal war. Das scheint einfach an den Pferden zu liegen. Wir schleichen

nach unten in den Wohnraum. In einer Schublade liegen alte Fahrradkarten von der Gegend. Die Fahrradkarten haben den Vorteil, dass wir uns genau anschauen können, wo hier Reiterhöfe, wo Bauernhöfe sind und wo es eine Reithalle gibt. Wo überhaupt Gelegenheiten sein könnten, wohin man ›unser Fohlen‹ gebracht haben könnte. Ich sage schon einfach so ›unser Fohlen‹, aber wir haben eben das Gefühl, dass es unseres ist.

Wir fertigen uns nach diesen Karten einen eigenen Plan an mit nur diesen Einrichtungen, die ich gerade aufgezählt habe. Danach haben wir schon einen besseren Überblick. Wir müssen also morgen mit dem Fahrrad herumfahren und all diese Punkte einmal absuchen. Wir glauben, dass wir das Fohlen wirklich leicht erkennen können. Die beiden andern müssen natürlich in der Zeit bei Henry und Alfred Wache schieben.

»Und wenn wir dann genau Reitstunde haben sollen?«

Die Reitstunde stört jetzt echt, sogar Marie.

Jetzt kommt aber der schwierigere Teil. Wir brauchen ein Phantombild von Piccolo. Das ist nämlich gar nicht so einfach. Phantombilder sind Bilder, die auch die Polizei sich anfertigt, wenn jemand gefunden werden muss. Die erste Schwie-

rigkeit für uns ist: Wie sah Piccolo jetzt wirklich genau aus? Wenn man nämlich ein Fohlen oder ein Pferd vor sich hat, schaut man gar nicht genau hin. Was für ein Fell hatte er? Ein durchgehend braunes, ein struppiges? Kopfform? Schweif? Hals? Form der Beine? Wir tragen das alles zusammen. Wir bekommen sogar Krach dabei.
Nur eins ist uns klar: dass er kein Apfelschimmel war, weiß mit grauen Flecken, dass er weder ein Palomino mit goldener Farbe, mit Mähne und Schweif in Weiß noch ein Schwarzschecke war mit überall schwarzen und weißen Flecken durcheinander und am ganzen Körper. Aber das ist auch fast alles. Und von Dingen, die er nicht hatte, können wir kein Bild zusammensetzen.
Aber schließlich meinen wir es doch zu schaffen. Wenn auch ziemlich ungenau. Wir können übrigens dazu an Henriette Knausermanns Computer gehen. In der Beziehung ist sie wirklich modern ausgestattet. Und großzügig. Keine Knauserfrau. Denn wenn wir das alles mit der Hand schreiben müssten, dann wären wir arm dran. Wir wollen nämlich mindestens zehn Suchanzeigen machen und dann überall im Dorf anbringen, damit alle Leute wissen, da ist ein Fohlen gestohlen worden. Aber schließlich geben wir doch auf. Nachdem

wir fünf ausgedruckt haben, sagt Marie nämlich: »Wo sollen wir denn all die Sachen anbringen?« Richtig, wir kommen aus der Stadt. Da würden wir es an jeder Straßenecke machen. Aber hier, wenn wir solche Schilder an einen Baum machen. Wer sieht die? Keiner. Da kommen keine Leute vorbei. Und auch die Waldtiere unterhalten sich nicht: Da ist ein Fohlen verschwunden.
»Schön wär's«, sagt Marie. Dann könnten wir sie jetzt fragen. Also bringen wir zwei, drei ins Dorf: ans Gemeindehaus, an die Reithalle und noch zu dem Lebensmittelladen. Aber das ist wirklich alles, denn an die Häuser können wir

nicht überall Phantombilder klatschen. Für wen auch!
Nachdem wir das fertig haben, sind wir ein bisschen müde, fast enttäuscht. Denn wir wollten eigentlich viel, viel mehr machen. Wir merken aber, dass in fremder Umgebung auch detektivische Suche wesentlich schwerer ist, als wir uns das vorgestellt haben. Wir wollen viel und können so wenig. Aber eins ist gut: Die Nervensägen halten wieder zusammen. Und alles für ein Pferd. Ein Pferd für die fünf Nervensägen.

5

Der Abend ist schrecklich und schön.
Henriette Knausermann rennt immer wieder durch die Küche, schaut immer wieder suchend und wie gebannt aus dem Fenster. Als ob das Fohlen plötzlich auftauchte. Sie steht vor ihrem alten Küchenschrank, der voll gestopft mit altem, neuem und angeschlagenem Geschirr etwas Beruhigendes hat.
Wir setzen uns an den Tisch.
Der Tisch knarzt. Mit seinen dicken Knubbelbeinen, dem Fußkreuz in der Mitte, mit der weißen Milchglaslampe darüber, ist er ein richtig uriger Familien-Erb-Spiel-Tisch. Rund mit gescheuerter Platte und karierter Decke darüber geworfen. Die Feldblumen, die immer in der Mitte stehen, stellen wir zur Seite.
Wir spielen Mensch-ärgere-dich-nicht, Marie wird hinausgeworfen. Marie jault auf. Gonzo und Stummel schummeln ein bisschen und es gelingt

ihnen, auch das zweite Männchen von Marie noch herauszuwerfen. Da springt sie plötzlich hoch und schreit herum: »Was bildet ihr euch eigentlich ein? Ihr Blödmänner!« Sie trommelt mit den Händen auf den Tisch. Wir lachen. Ich lege Marie die Hand auf die Schulter. Marie ist wütend. Sie ist völlig fertig. Henriette Knausermann läuft immer noch unruhig herum. Henriette Knausermann schaut aus dem Fenster, sie seufzt. Auch in ihr scheint etwas vorzugehen. Sie schaut wieder hinaus, dann geht sie zu Marie, nimmt sie einfach in den Arm. Das wirkt. Marie wird ruhiger. Henriette Knausermann aber noch nicht. In der rumort es.
Klein Hannes gewinnt. Moritz motzt. Hannes freut sich. Moritz will noch einmal spielen. Aber dann wird er müde, quengelt herum. Ich sage zu Hannes und Moritz: »Jetzt müsst ihr aber ins Bett.« Ich bin ja schon wie meine Mama. Hilfe! Wie ich das hasse, wenn Erwachsene mir immer sagen, wann ich ins Bett muss. Das weiß man doch schließlich selbst. Und genauso motzt Hannes. »Jetzt noch nicht.« Da lasse ich ihn. Moritz legt seinen Kopf auf den Tisch. Aber er ist noch nicht müde. Nein, überhaupt nicht. Doch er schläft fast im Sitzen. Wir hocken auf der Bank, auf dem Tisch jetzt eine dicke Kerze.

Ein Kerzenleuchter aus altem Messing, die Kerzen tropfen. Wir alle um die Kerze. Die Kerze gibt ein warmes Licht. Marie beginnt mit den Tropfen zu spielen. Formt daraus etwas, das aussieht wie ein Pferd, sie stellt es auf seinen vier Beinen auf den Tisch.

»Das ist ein Talisman«, sie schaut träumend in die Kerze.

»Wer's glaubt, wird selig«, murmelt Stummel.

»Als wenn das das Fohlen zurückholen könnte. Und Alfred schüttelt den Kopf, er macht jetzt keine komischen Bemerkungen mehr.

»Wenn man das Fohlen damit zurückzaubern könnte«, murmelt Marie und hält dabei ihren Talisman hoch, »dann würde ich es haben wollen. Dann würde ich es adoptieren. Meine Eltern würden es bestimmt nehmen.« Auch wenn sie weiß, dass ihre Eltern gar nicht wollen oder können. Trotzdem. Und plötzlich kommen mir alle nur so vor wie eine große Gemeinschaft, die Henriette Knausermann zum Nachdenken bringen muss. Wir alle zusammen. Stumm und gar nicht verabredet handeln wir doch gemeinsam. Die Kerze flackert und hüllt uns alle in ihren Schein.

Und da legt Hannes los.

»Ich will es haben, ich will es haben«, quengelt Hannes. Aber der quengelt wohl nur, weil er müde ist. Oder meint er das wirklich?

Da schaut Henriette Knausermann auf, geht zum Fenster, wieder geht ihr Blick hinaus. Und sie fängt an zu reden: »Das Fohlen ist doch untersucht worden vom Arzt. Er hat gemeint, die Hüftpfanne wäre zu flach. Also kein Turnierpferd. Da würde es sich auch nicht lohnen, es zu einem wirklichen Reitpferd auszubilden. Aber jetzt hätte ich es doch gerne zurück.« Mehr sagt sie nicht. Schade. Sie stemmt die Hände in die Hüften. Fest entschlossen.

Klein Hannes wird müde, er will sogar ins Bett. Moritz ist noch nicht müde, obwohl er schon im Sitzen schläft. Ich bringe Hannes ins Bett. Ich finde es lustig, in den Ferien auch mal Erwachsene

zu spielen und mich um die Kleinen zu kümmern. Und Hannes mag ich richtig gerne. Hannes und ich sind in seinem Zimmer: »Noch eine Geschichte vorlesen!«, flüstert er.
Ich lese ihm eine Geschichte vor, dann kuschel ich ihn fest ins Bett, lege das karierte dicke Oberbett über ihn, mache ihm einen Fußsack und ich erzähle ihm die Geschichte vom Fohlen, das wegrannte. Hannes denkt nach. Er ist noch nicht eingeschlafen. Er denkt. Er hat zwar die Augen zu, aber sehr angestrengt zittern die Augendeckel. Auch wenn er kein Wort sagt, auch wenn er die Augen fast geschlossen hält. Er denkt nach.
Plötzlich springt er aus dem Bett, holt sich die Buntstifte und seinen Malblock, wählt den braunen Stift aus und malt ein Fohlen. Ein braunes Tier mit vier Beinen. Ein langer Schweif, lange Beine, der kleine Körper. Auch wenn er bei Hannes ein bisschen groß geraten ist. Ich sag ihm: »Das Fohlen ist toll geworden, Hannes.«
Da schaut er mich fragend an: »Findest du?«
Jetzt kaut er auf seinem Malstift herum: »Wenn das Fohlen tot ist, wo ist es dann jetzt?«
»Das weiß ich nicht«, ich überlege, »vielleicht liegt es irgendwo – aber ich glaube nicht, dass es tot ist.«

»Ist ein Fohlen im Himmel?«
»Im Himmel?« Ich weiß nicht, was ich antworten soll.
»Kriegt ein Pferd im Himmel Flügel?«
Ich streichel ihm über den Kopf. Da wird er sehr wütend.
»Ich spinne doch nicht. So tust du. Ihr Großen meint immer, wir Kleinen spinnen!«
Plötzlich verzieht sich sein Gesicht. Die Mundwinkel zucken. Er weint und wirft sich auf sein Bett. Ich sitze nur da und denke nach: Gehör ich zu den Großen? Die nerven mich doch selber.
Er wird ruhiger: »Ihr Großen seid doof«, sagt er, während er plötzlich den Kopf anhebt. »Entschieden doof, sehr entschieden doof. Weil ihr nämlich immer nur das glaubt, was ihr seht. Aber da und da und überall«, und er zeigt überall um sich, »da sind unsichtbare Sachen. Und ihr seid nur zu doof.«
»Was ist denn unsichtbar?«, frage ich. Und ich muss dabei schon fast wieder grinsen und verziehe den Mund.
»Siehst du, du bist doof.« Er überlegt aber trotzdem und erklärt: »Meine Worte oder meine Träume oder meine Wünsche sind unsichtbar.«
Er kümmert sich danach gar nicht mehr um mich,

weil er wahrscheinlich mit so einer Doofen gar nichts zu tun haben will.
Er holt Tesafilm, schaut sein Bild an und schielt aber doch zu mir.
»Was ist denn?«, frage ich fast von selbst.
»Kannst du etwas schreiben?« Er scheint nicht mehr böse zu sein.
»Klar kann ich das.«
»Schreib drauf: Ich wünsche mir das Fohlen.«
Und er steckt seine Hand in den Mund, so ähnlich wie der halbe Ferdinand, schaut mich ganz verlegen an. Lieber kleiner Hannes, wie er da steht mit seinen blonden Stoppelhaaren, den wasserblauen Augen, die Hand im Mund, ein wenig verlegen, und er sagt noch einmal: »Schreibst du darunter: Ich wünsche mir das Fohlen zurück.«
Während ich schreibe, sage ich: »Du willst also deinen Wunsch sichtbar machen?«
»Ja«, sagt er und überlegt: »Manchmal muss man das, damit die Wünsche besser wirken und«, er zögert, »damit die Großen sie auch sehen können.«
»Klar«, sage ich. Ich schreibe alles. Schön und groß.
Und jetzt nimmt Hannes das Blatt und hängt es mit dem Tesafilm an seine Tür.

»Meine Oma soll es nämlich sehen«, murmelt er. Wenn auch kein Weihnachten ist, nicht die Zeit, wo man eigentlich Wunschzettel schreiben darf oder sogar soll, aber ich habe das Gefühl, als wenn dieses Blatt etwas bewirken könnte. Ich habe das Gefühl, als wenn bald etwas Entscheidendes und Wunderbares passieren könnte.

Da kommt Moritz: »Ich bin müde«, sagt er. Er legt den Kopf auf das Bett.

Oma Finkenstein will helfen. »Ich mach das schon«, lächel ich. Da geht sie zufrieden. Ich helfe ihm, den Schlafanzug anzuziehen. Moritz will sich kaum noch die Zähne putzen. Ich kuschel ihn in meinen Arm.

Mit Moritz im rechten Arm und Hannes auf meinen Knien gekuschelt schauen wir danach lange aus dem Fenster.

Die untergehende Sonne draußen, nicht mehr Licht, nicht mehr Tag. Nur noch ein kleiner Spalt Sonne. Das Licht strahlt nach oben, sonst ist die Sonne fast hinter den Baumwipfeln verschwunden. Das Licht kommt morgen wieder. Und dann das Dunkel des Himmels über den Feldern draußen, nachdem die Sonne schon unten ist. Wir schauen lange aus dem Fenster, bis der Mond hervorkommt und die Sterne. Moritz schläft schon.

Der dunkle, dunkle Himmel über uns. Die kleinen Lichtpunkte daran: Mond und Sterne. Hannes lehnt auf der Fensterbank und fragt: »Sieht der Mond mich jetzt?« Moritz schläft tief und fest.
»Ja«, ich nicke dabei.
»Sieht der Mond auch mein Bild?«
»Vielleicht«, antworte ich. Ich bin da nicht so sicher, ob der Mond das wirklich sieht. Aber was ist wirklich? Das sind schwierige Fragen.
Dann überlegt Hannes einen Augenblick und sagt: »Wenn das Fohlen jetzt irgendwo ist, irgendwo, irgendwo auf der Welt, dann kann der Mond es doch sehen, oder?«
Ich nicke. Vielleicht ist es ja so.
Da überlegt Hannes und sagt: »Und dann wünsche ich mir, dass der Mond das Fohlen anschaut und ihm ins Ohr flüstert: ›Geh zurück zu Hannes. Der wünscht sich, dass du zurückkommst, ganz schnell musst du zurückkommen.‹ Und dann plötzlich dreht das Fohlen sich um, weiß genau, wo ich bin, und rennt da hin. Und wenn es nicht weiß, dann zeigt der Mond ihm bestimmt den Weg, durch einen Strahl, den er einfach über den Weg scheinen lässt.«
Ich leg Hannes meine Hand auf den Kopf. Wie schön er erzählen kann. Jetzt legt er sich hin, weil

er sicher ist, dass das wirkt, was er gerade gesagt hat. Er kuschelt sich in sein Bett, ich streichel ihm über den Kopf, ich singe »Guten Abend, gute Nacht« für ihn. Nach einer Strophe ist er schon eingeschlafen.

Ich schleiche hinaus, ich schließe die Tür. Ich gehe in die Stube zurück, wo alle anderen sitzen. Henriette Knausermann geht immer noch auf und ab. Ich nehme sie einfach an die Hand. Und ziehe sie bis zu Hannes' Zimmertür, mache das Licht im Flur an und zeige ihr das Bild von Hannes. Henriette Knausermann nickt nur. Sie wischt sich, glaube ich, eine Träne aus den Augen. Gestern, und vorgestern, als sie gesagt hatte, dass das Fohlen nicht vollkommen genug sei und deswegen vielleicht sogar geschlachtet werden müsse, da war ich wütend auf sie und fand sie kalt und hässlich und berechnend. Aber jetzt nicht mehr. Sie wischt sich die Tränen, nickt und geht zurück ins Wohnzimmer. Sie setzt sich in den Ohrensessel am Fenster. Die andern sitzen nur da, sagen nichts, keiner hat mehr Lust zu spielen, obschon so viele Spiele da sind und wir uns so gefreut haben, dass wir an den Abenden einfach zusammen Spiele spielen können.

Auf einmal hören wir Henriette Knausermann am

Fenster sagen: »Wenn jetzt das Fohlen da wäre, dann würde ich es behalten.« Und dann sagt sie noch einmal ganz laut: »Ich behalte es!« Als wenn sie jetzt auf einmal wüsste, dass es zurückkommt.

Lange ist Schweigen im Raum. Schweigen, Stille und Dunkel. Nur das Licht der flackernden Kerzen lässt die Gesichter und auch die Spannung, die sich auf den Gesichtern löst, langsam erken-

nen und auf einmal richtet sich Henry auf und sagt: »Ist das echt versprochen?«

Sie nickt: »Ich behalte es, versprochen ist versprochen.«

»Und wird nicht gebrochen«, sage ich wie von selbst hinterher.

Der Schein der Kerze tanzt über Henriette Knausermanns Gesicht, das sieht fast gespenstisch aus. Gespenstisch und schön. Und dann sagt sie langsam: »Vielleicht ist es doch besser, ein solches Fohlen zu behalten. Vielleicht gibt es viele, viele, die das Fohlen lieb haben könnten, die dem Fohlen dann helfen und denen das Fohlen hilft. Dafür will ich es behalten.«

Sie wendet sich an Henry: »Oder wäre es besser, wenn es auf euren Hof kommt?«

»Ja«, nickt Henry, »wir können sehr gut noch ein Pferd gebrauchen. Der Andrang wird immer größer. Ich mache sogar schon mit an meinen freien Nachmittagen.«

»Gut, dann kann es auf euren Hof«, sagt H. K.

Da steht Henry auf, geht auf sie zu und nimmt sie einfach in den Arm. Wir anderen sitzen und staunen. Ein Lächeln huscht über Henrys Gesicht. Ein Lächeln huscht über unsere Gesichter. Alles scheint geregelt, nur Piccolo ist nicht da.

6

Wir wollen ins Bett. Da sagt Gonzo zu mir: »Komm mal mit. Ich habe das Gefühl, Henry verschwindet gleich noch einmal.«
Deswegen sollen wir unauffällig unten bleiben. Und wirklich: Plötzlich macht sich Henry davon. Er schaut sich in der Diele noch einmal um, bevor er in die Scheune entwischt. Da geht alles sehr schnell. Gonzo und ich können kaum mitkommen. Wir versuchen immer, kurz hinter Henry zu sein. Denn Henry schnappt sich, als wenn er es plötzlich unheimlich eilig hätte, sein Fahrrad, macht das Gartentor auf und verschwindet draußen in der Dunkelheit. Gonzo schnappt sich das nächste Fahrrad, ein altes rostiges Feldfahrrad, das die Bauern häufig haben, um eben zum Feld Kaffee oder überhaupt etwas zu essen zu bringen oder um einfach durch die Felder zu fahren. Auf jeden Fall sind es die schlechtesten Fahr-

räder, die überhaupt auf der Welt zu finden sind. Und ich springe hinten drauf. So wollen wir hinter Henry her. Wir sehen ihn noch gerade als Punkt am Horizont in der Dunkelheit, nur der Rest Licht, der noch in der Nacht möglich ist, zeigt ihm, wo sich Henry überhaupt befindet. Henry biegt gerade um die Ecke. Gonzo hat Mühe mitzukommen, weil Henry natürlich das viel bessere Fahrrad hat und niemand auf dem Gepäckträger.

Es sieht fast so aus, als wenn Henry auf dem Weg zum nächsten Nachbarn wäre. Der Bauernhof

liegt von hier aus so eineinhalb Kilometer entfernt, auch mitten auf den Feldern.
Das ist hier im Norden so. Es gibt ja einige Bauerngegenden, wo die Bauern alle im Ort wohnen. Die Felder liegen dann um den Ort herum. Aber hier ist es anders, hier liegen die Höfe mitten in den Feldern und das ist für unser Reiten oder für einen Reiterhof natürlich ganz besonders toll.
Henry ist vorne, wir hinten. Plötzlich biegt Henry nach links ab. Ich rutsche fast runter. Das ist nicht mehr der Weg zu dem Nachbarn. Das ist ein anderer Weg. Oder ob er jetzt zu dem nächsten Nachbarn fährt? Auf jeden Fall sind wir immer sicherer, dass Henry irgendetwas mit dem Pferd zu tun hat. Und Gonzo meint auch, dass Henry sonst abends nicht so verschwunden ist, wie er es jetzt macht. Natürlich kennen wir Henry dafür viel zu wenig. Schließlich sehen wir den Henry überhaupt nicht mehr. Auch nicht, nachdem wir nach links abgebogen sind. Gonzo fährt weiter in die Dunkelheit hinein, stellenweise sehen wir kaum etwas, weil das Licht an dem Fahrrad auch nicht richtig funktioniert. Es leuchtet immer nur kurz auf, wenn der Dynamo gerade an den Reifen antickt, dann ist es aber wieder dunkel. Das ist

auch ein bisschen unheimlich. Schließlich haben wir den Henry ganz verloren.
»Mist«, sagt Gonzo. Aber er kann ihn nicht mehr sehen. Da drehen wir um. Hoffentlich finden wir den Weg! Aber wir beschließen, uns zu Hause zu verstecken in der Tenne, da, wo Henry das Fahrrad abstellen muss, und wollen beobachten, ob Henry noch irgendetwas Besonderes mitbringt. Es könnte ja sein, dass es irgendein Indiz gibt. Obschon weder Gonzo noch ich eine Idee haben, was es wohl sein könnte. Aber wer weiß. Gonzo kann sich ja auch nicht erinnern, ob Henry etwas bei sich hatte, als er wegfuhr. Aber so schnell konnte er das gar nicht sehen. Es war ja auch nur eine Vermutung, irgendwie eine Ahnung, das Henry an diesem Abend noch abhauen würde. Wir radeln also zurück, ein bisschen bedrückt, aber wenigstens wissen wir die Richtung, in die Henry gefahren ist. Dann stellen wir das Fahrrad wieder an die Stelle, wo es vorher gewesen war.
Hoffentlich hat noch keiner gemerkt, dass wir weg waren. Denn Oma Finkenstein würde dann ganz schön sauer. Besonders guckt natürlich Oma Finkenstein nach Gonzo und auch nach Pengpeng-Moritz. Denn für sie beide ist sie ja ganz besonders verantwortlich, weil sie die Ersatzoma

ist. Gonzo schleicht einmal kurz nach oben, ob wirklich alles in Ordnung ist. Oma Finkenstein hat noch nichts gemerkt. Ein Glück. Dann sind wir wieder durch die Tür nach draußen, auf den Weg zur Scheune. Wir hocken uns in einen alten Schweinetrog, warten dort. Es dauert lange, lange. Haben wir eine halbe Stunde gewartet? Eine Stunde? Auf einmal geht das Tor auf und Henry kommt herein. Er geht mit dem Rücken direkt an uns vorbei, an dem alten Schweinetrog. Henry lehnt sein Fahrrad an, Gonzo versucht, ihn zu beobachten, soweit man das in der Dunkelheit kann. Aber er kann nichts erkennen. Ich auch nicht. Vor allem nicht, ob Henry irgendetwas mitgebracht hat. Wir sehen nur, dass Henry das

Fahrrad hinstellt, dann in das Haus geht, die Tür hinter sich schließt. Hoffentlich hat er sie nicht abgeschlossen. Und dann schleicht Gonzo hinterher, die Treppe hinauf. Eigentlich alles umsonst.

In unserem Schlafzimmer ist wieder Lagebesprechung. Gonzo und ich erzählen. Wir sind so gut wie sicher, dass Henry mit dem Fohlen zu tun hat, dass er jetzt eben bei dem Fohlen war. Er muss es irgendwo versteckt haben, da, wo ein alter Stall ist oder bei einem Nachbarn, der in einem Hinterhof einen alten Stall hat.

»Henry kommt doch von einem Nachbarhof. Er ist der Sohn eines Nachbarn und einfach für acht Monate hier, um Landwirtschaft zu lernen.«

»Klar«, sagt Gonzo, er hat schon weiter nachgeforscht. Henry ist 22 Jahre alt. Er hat Abitur gemacht und will Landwirtschaft studieren. Wahrscheinlich ist er gerade zu Hause gewesen. Aber warum ist er da gewesen? So spät abends. Er hatte ja nur wenig Zeit. Gerade so viel, um ein Pferd zu versorgen. Und wir wissen, dass er unheimlich engagiert ist, was Reittherapie angeht. Er arbeitet da mit. Und auch unsere langen Abenddiskussionen über Natur und deren Fehler und Unvollkommenheiten. Er hat uns immer wieder erklärt, dass es in der Natur halt Dinge gebe, die nicht so vollkommen seien wie die maschinell gefertigten. Und dass gerade deswegen er das Ganze so mag. Die ganze Natur.

Aber wo war er eben? Wir müssen es wissen.

»Mühsam«, Porsche kratzt sich am Kopf. Er sagt nicht mehr speedig. Vielleicht ist er einfach zu müde.

Wir wissen, dass wir weiter beobachten müssen. Wir wissen, dass wir noch lange nicht am Ende sind. Wir wollen auf jeden Fall, dass das Fohlen zurückkommt, egal wie es heißt, egal wie vollkommen es ist.

»Warum wollen wir das eigentlich?«, fragt Porsche.

Stummel kratzt sich wie üblich an seinem Kopf. Wir überlegen zusammen. »Wir wollen das, weil wir halt der gleichen Ansicht sind wie Henry, dass Tiere nicht vollkommen sein müssen, so super vollkommen wie halt Turnierpferde und Reitpferde üblicherweise sind. Wir wollen das, weil wir auch wissen, dass es anderes weniger Vollkommenes gibt.«

»Und was wollen wir dann weiter mit dem Fohlen machen?«, fragt Gonzo.

»Wir sind doch dann weg«, setzt Stummel hinzu.

Marie überlegt die ganze Zeit. Schließlich sagt sie: »Wir müssen morgen mit Henry und Alfred reden. Und mit Henriette Knausermann. Sie muss uns feierlich geloben« – »mit zwei Schwurfingern«, ruft Porsche, »dass sie das Fohlen behält.«

»Es wäre doch eine Idee, dass wir das Tier adoptieren. Das heißt, wir könnten einmal im Jahr zusammen für ein paar Tage hierher kommem und kümmern uns um das Tier .«

»Was heißt adoptieren? Wir haben ihm den Namen gegeben. Und wir schauen immer wieder, ob es ihm gut geht.«

»Wir kommen also immer wieder.«

»Da wird sich Henriette Knausermann schön bedanken«, grinst Gonzo.

»Und in der übrigen Zeit?«, fragt Porsche.

»Das müssen wir halt Henry und Alfred fragen. Das mit dem dritten Therapiepferd in der Reithalle finde ich sehr gut«, sagt Marie. »Aber auf jeden Fall wollen wir uns, solange wir hier sind, um dieses Tier kümmern und vielleicht sogar versprechen, uns weiter zu kümmern.«

»Ein Pferd für die fünf Nervensägen«, sage ich. Da lachen alle. Ja, das wäre schön: »Ein Pferd für die fünf Nervensägen.«

Als ich dann noch einmal nach unten gehe, um

mir noch ein Stück Schokolade zu holen, sitzt die Knauserfrau am langen Esstisch in der Küche über Pferdeprospekten.

Will die immer noch ein Fohlen dazukaufen für Dressurzwecke?

Ich überlege. Ist ja ihr gutes Recht. Hauptsache, sie hält sich an ihr Versprechen für Piccolo.

7

Heute ist die erste Reitstunde. Endlich! Ich bin schon ganz aufgeregt. Natürlich ist Marie ruhiger, aber sie geht mir da wieder einmal mit ihrer ständigen Angeberei voll auf den Nerv. Sagt die doch, als ich mich stolz umdrehe und finde: »Ist die Reithose nicht toll!«, also, da sagt die doch, ganz verächtlich meine Jeans betrachtend: »Darin kann man doch gar nicht reiten. Guck dir meine an, die war ganz schön teuer.« Doofe Marie. Die ist doch saublöd.

Ich bin wütend. Ich überlege einen Augenblick, ob ich schon eingeschnappt sein soll, aber dann lächele ich trotz allem zu Marie hinüber. Was bringt es? Ich ziehe aus meiner Tasche das Kaugummipaket, das Mama mir mitgegeben hat, und frage Marie, ob sie einen will. Sie hat wohl mein Sauersein mitgekriegt, lächelt mir zu, nimmt einen Kaugummi, obwohl ich weiß, dass sie gar keinen mag, und sagt sogar: »Danke.« Der Kaugummi ist wie eine Versöhnungsgabe. Und das wegen einer Reithose.

Die Reitlehrerin kommt, sie schaut sich unsere Stiefel an, die scheinen so weit in Ordnung. Ich habe ein Paar nicht gefütterte feste Winterstiefelchen. Gut, dass die noch so gerade passten. »Für die paar Mal reicht es.« Dann schaut sie auf Maries Reitstiefel, sagt aber kein Wort. Da muss die blöde Marie doch wieder sagen: »Ich habe aber echte Reitstiefel. Die waren sehr teuer.« Mann, ist die doof! Merkt die das echt nicht?

Die Reitlehrerin ist Gott sei Dank so, dass sie es übergeht, sonst hätte ich jetzt der Marie wirklich die Zunge rausgestreckt, bäh. Aber ich tue es nur von innen. Ich habe Wut auf sie. Wahrscheinlich geht diese blöde Angeberei gleich weiter. Denn wir andern sind ja alle totale Anfänger. Und sie ist fortgeschritten.

Pferde gestriegelt haben wir ja schon. Auch Gonzo, Porsche und Stummel machen mit. Das macht Spaß, so miteinander sich aufzusagen, was man gerade tut. Und tun muss. Denn bei uns ist ja noch nichts automatisch.

Gonzo striegelt die Flanken des Pferdes langsam. Streicht mit der Hand hinterher, als ob er es genieße. Stummel ist ein wenig ängstlicher. Bei jeder Bewegung des Pferdes zuckt er zusammen. Porsche findet das Ganze speedig und voll cool. Er hat sich sogar extra eine grüne neue Kappe besorgt. Aber die muss er absetzen, weil Reithelm Pflicht ist. Gonzo sitzt mit Hilfe der Reitlehrerin als Erster im Sattel. Sie erklärt ihm mit viel Geduld, wie er sich ruhig halten und auf uns warten soll. Gonzo ist Gott sei Dank nicht mehr cool. Oder er spielt nicht mehr cool. Das ist, glaube ich, richtiger. Ob ein Junge sich immer wieder sagen muss, dass ihm das alles nichts ausmacht? Ohne Gefühle, ohne Aufgeregtsein? Cool eben!

Als ich den Schweif fertig ausgekämmt habe und auch die Haare vorne am Pferdekopf noch ein bisschen kämme, natürlich muss man das sehr vorsichtig tun, ziehe ich den Gurt am Sattel stramm. Die Reitlehrerin schaut sogar nach, ob er auch wirklich fest sitzt, dann ziehe ich den Steigbügelriemen hinter dem Bügel vor, lass den Steigbügel ganz nach unten rutschen, nehme die Zügel und halte sie in der linken Hand. Ich greife dabei auch in die Mähne, denn eben hat mir die Reitlehrerin gesagt, dass das dem Pferd nicht wehtut. Sie hält das Pferd. Gut, dass sie das tut. Dadurch ist das Pferd auch ruhiger. Ich soll als Zweite auf-

sitzen. Ich bin ein bisschen aufgeregt. Ich stelle mich vor das Pferd, hab die Zügel in der linken Hand, leg die linke Hand auf den Hals des Ponys, die rechte auf den Sattel, dann muss ich mein linkes Bein hochschieben, greife in die Mähne, ziehe mich hoch, schwinge mein rechtes Bein hinüber, lass mich sanft in den Sattel gleiten, der linke Fuß zuerst, dann der rechte, finde den Steigbügel und dann sitze ich zum ersten Mal im Sattel. Das ist vielleicht ein Gefühl. Toll!

Stummel kommt nicht hoch. Er hat ein zu hohes Pferd und ist der Kleinste. Aber mit einem kleinen Schubs von der Reitlehrerin klappt es auch bei ihm.

Als alle im Sattel sitzen, macht die Reitlehrerin

mit uns zunächst Tests für das Gleichgewicht. Wir müssen mit beiden Händen die Knie berühren und dann die Hände hinter uns auf den Sattel legen. Dabei grade sitzen bleiben. Sie beobachtet uns, ob wir schwanken. Dann müssen wir uns so weit nach vorne beugen, wie es eben geht, und danach macht sie mit uns Übungen, die das Gleichgewicht stabilisieren: die Arme nach vorne strecken, die Arme hoch über den Helm strecken, die Arme nach hinten. Jetzt nehmen wir die Zügel und sollen die ersten Schritte machen! Wenn wir unruhig sind, sollen wir uns ein wenig nach vorne beugen. Wir üben. Und jetzt soll es losgehen. Man muss beide Beine gegen den Pferdekörper drücken. Aber man darf nicht zu fest am Zügel ziehen, was ich am liebsten machen würde. Das heißt nämlich Halten. Als das Pferd sich bewegt, schaukelt das ganz schön. Ich sitze auf dem Pferderücken! Ist das ein tolles Gefühl. Ob ich heute traben möchte? Die Reitlehrerin fragt noch einmal. Sie hat schon mal gefragt, aber ich habe keine Antwort gegeben.

»Vielleicht ein bisschen«, flüstere ich, aber ich werde rot dabei. Die Reitlehrerin zeigt uns, wie man das macht. In der Zeit trabt Marie davon. Sie hat ja schon viel mehr Ahnung, sie reitet seit mindestens zwei Jahren. Aber mir macht es auch Spaß, ich sitze im Sattel, ich schaue die Welt an vom Pferderücken. Plötzlich pfeift es hinten vom Hof, das ist Henry. Ob er irgendetwas von dem Fohlen gehört hat? Ich hatte das Fohlen wirklich fast vergessen. Dass man das vergessen kann. Aber das Reiten war so schön. Vielleicht wünsche ich mir doch Reitstunden zu Weihnachten. Aber Mama sagt sicher, das sei zu teuer neben der Klavierstunde, neben dem Ballett, neben all dem, was ich sonst noch Lust habe zu machen. Aber trotzdem, ich will noch einmal fragen. Es macht so einen Spaß. Es pfeift noch einmal, wir sollen zurückkommen.

Schade, die Reitstunde ist schon zu Ende. Wir gehen ins Haus. Es gibt etwas zu essen. Das schmeckt schon viel besser als gestern.

Henry isst mit uns. Aber Alfred kommt gar nicht und Stummel ist verschwunden.

Heute wollen wir ohnehin herausbekommen, wo der Hof von Henrys Eltern liegt. Wenn es die Richtung war, in die er gestern gefahren ist, wäre es möglich, dass er das Fohlen dorthin gebracht hat. Wir wollen am Abend mit den Rädern da hinfahren und einfach gucken. Ob wir das Fohlen finden?

8

Am nächsten Morgen ist Marie krank. Und Marie ist nicht nur krank, sie ist auch sauer auf sich selbst. Natürlich will Oma Finkenstein sofort Fieber messen, aber Marie schlägt das Fieberthermometer herunter. Denn sie darf mit 39° Fieber nicht einfach so herumlaufen.
»Aber wenigstens im Haus kann ich jemanden beschatten«, sagt Marie und schlägt es herunter auf 37,4. Sie fühlt sich schlapp, aber sagt laut: »Ich fühle mich super.« Sie mogelt.
»Du bleibst trotzdem im Bett«, setzt Oma Finkenstein fest. Sie wollte heute eigentlich mit Klein Hannes und Moritz in das nächste Dorf fahren, weil es da ein Dorffest gibt; aber jetzt, wo Marie krank ist, weiß sie wieder nicht. Sie gibt ihr zwei große Löffel Hustensaft und reichlich Zitronenlimonade mit viel Vitamin C, weil sie sagt, dass das gegen die Grippe- und Erkältungsviren am besten

wirkt. Marie verspricht, ganz brav zu sein. Und Oma Finkenstein entschließt sich doch noch, mit den beiden wegzufahren. Die ist schon mal weg. Das tut uns allen eigentlich jetzt besser, denn Oma Finkenstein hat uns natürlich immer etwas zu sagen: »Tu dies, tu das, tu jenes.« Oma Finkenstein regelt alles. Und das geht manchmal ganz schön auf den Nerv. Heute wären Gonzo und Marie eigentlich dran zur Beobachtung.
Bevor Oma Finkenstein fährt, muss Marie versprechen, das Bett nicht zu verlassen. Doch sobald Oma Finkenstein um die Ecke ist, ist sie schon draußen und will Pferde striegeln.
Sie merkt aber bald, wie schlapp sie ist, und legt sich von selbst wieder hin.

Henriette Knausermann steht in der Küche. Und da sie sich auch so grippig fühlt, ist sie schlecht aufgelegt. Grippig eben, mies und verschwollen.
»Guten Morgen«, sagen wir alle, als wir in die Küche kommen.
»Soll ich helfen beim Frühstückmachen?«, frage ich.
Henriette Knausermann nickt. Sie nimmt den Kaffeefilter von der Kanne, stellt die Kanne auf den Tisch, ich hole Milch und Butter aus dem Eisschrank, Gonzo holt Brot aus dem Brotschrank, wir setzen Teller auf den Tisch, Tassen daneben.
Henry und Alfred kommen zum Frühstück.
Ich bringe Marie eine Suppe hoch und einen Milchkaffee. Das mag sie gerne, mit ein bisschen Kakao und Sahne obendrauf. Marie geht es wirklich schlecht. Sie liegt jetzt elend im Bett, ist benommen. Oma Finkenstein kommt mit den beiden Zwergen von dem Dorffest nach Hause. Sie ist auch ziemlich fertig. Sie steckt die Zwerge in die Badewanne, da geben sie Ruhe. »Wo das Fohlen jetzt wohl ist?«, fragt sie auf einmal. »Ist es immer noch nicht wieder aufgetaucht?« Aber dann ist das Kapitel für sie beendet. Sie sitzt im Lehnstuhl am Fenster mit der Zeitung. Draußen

wird es schon dämmerig. Oder liegt es einfach an dem trüben Wetter?
Nur am Abend, als wir alle gemütlich zusammensitzen, fängt auf einmal Henry wieder an. Er fragt Henriette Knausermann noch mal ganz ausdrücklich danach, ob sie es wirklich für sinnvoll hält inzwischen, ein solches Fohlen für Therapiezwecke zur Verfügung zu stellen. Warum tut er das? Das wird ja langsam auffällig. Marie starrt ihn an. Die haben wir auf die Eckbank gepackt mit Oberbett und Kissen im Rücken. Das Fieber ist nicht mehr ganz so hoch.
Henriette Knausermann sagt, dass sie dabei bleibt. Dass sie das für gut hält. Henriette Knausermann erwähnt sogar das Bild, das Klein Hannes an die Tür gehängt hat: »So etwas kann ich doch nicht übersehen!«, sagt sie dann.
Dabei blättert sie aber wieder in ihren abartigen Pferdezeitschriften, wo ein Superpferd neben dem anderen abgebildet ist, ganze Stapel hat sie davon. Nur so ein paar Pferde, eins neben dem anderen, mit allen Vorzügen angepriesen und natürlich mit dem etwaigen Preis. Das geht mir dermaßen auf den Nerv, weil es da ja gar nicht mehr um Tiere geht, sondern da geht es wirklich nur noch um Handel und Geldmachen.

Aber Henry hat mir heute klar gemacht, dass sie doch ruhig ein Dressurpferd kaufen könne. Jetzt wäre ich kleinlich. Das sei nun mal ihr Hobby.
Auch Alfred fragt noch einmal nach dem Fohlen. Da stimmt doch etwas nicht.
Doch, nickt Henriette Knausermann und sagt: »Das ist mir in den letzten Tagen völlig klar geworden.«
Da fällt Marie ihr um den Hals. Sie ist hochgesprungen von ihrer Eckbank.
»Hilfe«, schreit Henriette Knausermann, »ich will mich doch nicht noch mehr erkälten. Bleib fern von mir, Marie.« Und sie schubst sie weg, aber liebevoll. Dabei tritt Marie vor den Stapel mit den blöden Pferdezeitschriften. Der ist fast tischhoch. Der Stapel fällt um, die Zeitschriften verbreiten sich und Klein Moritz macht mitten in den Stapel hinein ›peng, peng‹ und tritt sogar noch drauf. Aber heute macht es Henriette Knausermann gar nichts. Sie seufzt nur hinterher und sagt: »Wenn das Fohlen nur da wäre. Wenn es endlich wieder da wäre oder wenn ich erfahren würde, was mit ihm passiert ist.« Und dann sagt sie nur: »Ach, wenn doch das Fohlen endlich wieder da wäre.«

Und ich frage noch mal wie von selbst, schon fast automatisch: »Was wäre dann?«
Und dann sagt Henriette Knausermann etwas, was gar nicht wie Henriette Knausermann klingt. Sie hat Klein Hannes dabei auf ihrem Schoß. Sie sagt: »Ich glaube, ich hätte das Fohlen ganz, ganz lieb.«
So etwas haben wir von Henriette Knausermann noch nicht gehört. Die hat bisher nur Pferde gezüchtet, um sie zu Spitzenpferden zu machen. Vielleicht hat sie sie gerne gehabt, aber von lieb haben war noch nicht die Rede.
Wir spielten noch. Wie jeden Abend.
Henriette Knausermann hat sich geändert, wohl auch durch Klein Hannes. Wir gehen schließlich sehr müde ins Bett. Eigentlich sollten wir morgen schon zurückfahren. Aber wir haben mit unseren Eltern ganz ausführlich telefoniert und mit Henriette Knausermann gesprochen. Wir können noch hier bleiben. Wir wollen vor allem abwarten, ob und wie das Fohlen wieder auftaucht. Wir sind aufgeregt und gespannt.
Schließlich fragen wir Henriette Knausermann, von welchem Hof Henry denn kommt.
»Er kommt von dem größten Hof der ganzen Gegend«, sagt sie. »Ein echter Prachthof.«

»Haben die auch Reitställe?«, fragt Marie hinterlistig. Henriette Knausermann nickt sofort: »Natürlich haben sie Reitställe, aber sie haben sich nicht so sehr auf Pferdezucht, zumindest nicht auf so gute Pferde, wie ich sie hier normalerweise halte, spezialisiert.«
»Und was machen sie?«, fragt Marie, obschon ich genau weiß, dass sie das so genau gar nicht wissen will. Marie interessiert sich aber vor allem für die Frage, ob Henry eine Gelegenheit hat, das Fohlen dort unterzustellen. Und das ist jetzt schon mal klar. Zumindest, wenn er es mit jemandem auf dem Hof besprochen hätte.
Henriette Knausermann blättert in ihren Pferdezeitschriften und telefoniert. Sie ist dabei, ein Dressurpferd zu kaufen. Eins, das an die geplante Stelle von Piccolo tritt. Erst war Marie wütend darüber und sagte draußen zu Henry und Alfred: »Ich dachte, ihr wäret dagegen.«
»Wieso?« Alfred schüttelt den Kopf. »Ich habe nichts dagegen, dass sie ein solches Pferd kauft. Aber ich habe etwas dagegen, dass man Fohlen mit kleinen gesundheitlichen Schäden einfach schlachten will.«
Marie spricht noch ein bisschen mit Henriette Knausermann über Henrys Hof und über all das,

was sie da machen. Mich interessiert das nicht besonders, ich gehe schon mal in die Tenne und schaue, ob es dort genügend Fahrräder gibt für uns. Ich komme zurück und sage zu Henriette Knausermann: »Wir würden noch gerne eine Radtour machen, bist du einverstanden?«
»Einverstanden«, sagt Henriette Knausermann. Sie will gerade telefonieren. Oma Finkenstein wird auch bald zurück sein. Sie macht noch einen kleinen Spaziergang. Moritz und Hannes spielen mit Legosteinen. Der Turm fällt gerade um. »Du Blödmann«, schreit Moritz und er macht wieder peng, peng. Hannes haut ihm mit dem Legoturm auf den Kopf: »Selber Blödmann. Wer es sagt, ist es selbst.« Und er haut ihm mit einem Legohammer auf den Hinterkopf.
Henriette Knausermann springt dazwischen: »Jetzt reicht es aber wirklich, ihr beiden!«
»Mir reichts auch«, sagt Hannes und schmeißt sich auf den Boden. Und Moritz macht peng, peng. Wir verziehen uns schnell. Wir sitzen auf den Rädern und hören noch den Krach von Henriette Knausermann, Klein Hannes und Moritz. Wir fahren genau in die Richtung, in die Henry gestern Abend gefahren ist. Und sind ganz aufgeregt. Unser Herz klopft. Trotz der alten Fahrräder treten

wir ordentlich in die Pedale. Vor uns weite Felder, Hecken dazwischen, Kühe auf der Wiese, wir fahren über Feldwege zwischen den Feldern her. Plötzlich liegt der Hof vor uns. Es ist wirklich ein Prachthof. Ein großes Herrenhaus in der Mitte, eine Allee, die genau darauf zuführt. So muss es auf Henriette Knausermanns Hof früher auch gewesen sein, nur sagt sie, ist das Herrenhaus nicht zu Ende gebaut worden, weil der Bauer in der Zeit verarmt ist. Hier steht so ein Herrenhaus. Es ist beeindruckend. Wir stehen davor. Staunen einen Augenblick, aber dann fällt uns das Fohlen wieder ein. Wir gehen lässig auf die Ställe zu und tun einfach so, als ob wir dazugehören. Wir schauen in die Ställe hinein, aber da ist nichts.

»Er kann es ja auch auf eine Weide gebracht haben.«

»Aber auf welche?« Wir schauen in alle Gebäude, die uns zugänglich sind, aber obschon wir genau schauen und schauen, finden wir nichts.

Wir sind schon ganz enttäuscht. Da drehen wir uns auf einmal um – und wer steht da: »Henry!«

»Ja, was wollt ihr denn hier?« Er ist ganz schön erstaunt, uns zu sehen.

Da sagt Gonzo es direkt: »Wir vermuten, dass du Piccolo hier irgendwo hast. Hast du ihn ver-

steckt? Wir verraten auch nichts, falls du es uns sagst.«
In dem Augenblick wird Henry total rot. Er könnte einer Kirschmarmelade Konkurrenz machen. Das verrät ihn. Er muss ihn also haben.

Er kratzt sich am Kopf und dann sagt er: »Das ist ein bisschen komplizierter.« Und er überlegt weiter. »Denn seitdem die Polizei in den Fall verwickelt ist, habe ich doch ein bisschen Angst bekommen.«

»Und was wolltest du mit Piccolo machen?«

»Das liegt doch auf der Hand«, sagt Porsche, »er wollte Henriette Knausermann zwingen, irgendetwas Sinnvolles mit ihm zu machen, ob das jetzt Therapiestunden sind oder sonst irgendetwas, ist doch egal. Er wollte ganz einfach Piccolos Leben retten.«

»Genau das war's«, sagt Henry. »Ich fand es einfach gemein, ein Tier schlachten zu wollen, nur weil die Hüftpfanne nicht so ausgebildet ist. Und deswegen wollte ich Piccolo retten.«

»Aber du müsstest es doch eigentlich gewohnt sein. Das ist doch sicher nicht das erste Tier, was hier geschlachtet wird. Hier sind ja sehr viele Tiere. Ist man da nicht von klein auf gewohnt, dass mal ein Tier geschlachtet wird?«, wendet Porsche ein.

»Bei Piccolo war das anders«, sagt Henry. »Wir hatten uns alle so auf das Fohlen gefreut. Dann war es da und es war nicht perfekt. Und da plötzlich fiel mir auf, wie grausam es ist, dass wir Tiere, die nicht vollkommen sind, einfach töten. Und da habe ich mir überlegt, was man mit einem solchen Tier machen könnte. Die Therapie ist ja nur eine Form. Es könnte zum Beispiel auch zum Voltigieren ausgebildet werden. Es gibt viele Möglichkeiten. Man kann es auch auf einen Ponyhof bringen, wo es einfach Kindern für einfache Ponystunden zur Verfügung steht.«

Wir nicken. Den gleichen Gedanken hatten wir. Aber für uns war das natürlich alles neu. Wir leben in der Stadt, da muss man sich nicht damit auseinander setzen. Man kauft Fleisch im Supermarkt, aber über das Schlachten von Tieren, weshalb auch immer, haben wir noch nicht nachgedacht. Wir wollten Piccolos Leben retten.

Da dreht Gonzo sich um und sagt: »Und wie machen wir das jetzt?«

Henry überlegt: »Ich finde gut, dass du ›wir‹ sagst. Denn irgendwie habt ihr mich auch ein Stück angespornt. Durch euch bekam ich immer wieder Unterstützung für mein Denken. Das finde ich gut.« Er lacht dabei. »Ja«, sagt er und kratzt sich am Kopf, »wie machen wir das jetzt?«

Da meint Porsche: »Wir holen es morgen Abend zu uns herüber. Und wenn Henriette Knausermann gut aufgelegt ist, wenn Klein Hannes am

Abend noch wach ist, holen wir es und führen es einfach auf den Hof. Das machen wir alle zusammen. Dann stehen wir alle zusammen dafür ein.«
»Bravo«, rufen wir. Wir sind alle damit einverstanden. Und sind unheimlich gespannt auf das, was morgen kommt. Wie wird bloß Henriette Knausermann reagieren?

9

Als wir am nächsten Abend müde von der Reitstunde zum Hof zurücktappeln, hebt Marie plötzlich den Kopf und ruft: »Guckt mal da!«
Wir alle drehen uns um, schauen in die Richtung, in die Marie gerade gezeigt hat. Wir sehen nicht viel. Da ist wieder die Weide, die grüne Grasfläche, die sich so unendlich ausbreitet und darüber der blaue Himmel mit wenigen Wolken. Aber unten sehen wir einen kleinen Punkt, der sich auf uns zu bewegt. Dahinter noch ein kleiner Punkt und noch einer. Die Punkte werden größer. Sie bewegen sich auf uns zu. Sie nehmen Gestalt an und schließlich stößt Marie, die bessere Augen hat als ich, einen Schrei aus und ruft: »Da ist das Fohlen.« Wir stürmen drauf zu und sehen Henry hinter dem Fohlen stehen mit Gonzo und Porsche.
Durch unser Schreien und Jubeln kommt Henriette Knausermann aus dem Haus gelaufen. Sie

sieht das Fohlen und Henry, Gonzo und Porsche. Sie weiß nicht, ob sie zuerst das Fohlen oder alle anderen in den Arm nehmen soll.
Schließlich fragt sie: »Wie seid ihr denn darangekommen?«
Da werden wir alle ein bisschen verlegen.
»Gefunden«, will Porsche fast sagen.
Sie scheint etwas zu ahnen. Und sagt daher: »Oder habt ihr es gar nicht gefunden?« Sie grinst. Und während sie grinst, sagt sie zu ihm: »Eigentlich müsste ich euch böse sein.« Dann holt sie tief Luft und sagt: »Und doch: Ich muss mich bei euch bedanken.« Sie holt noch mal Luft und dann

sagt sie: »Ihr habt in mir etwas verändert.« Sie dreht sich weg, denn genau in dem Augenblick kommt Klein Hannes aus dem Haus auf das Fohlen zugestürmt.
»Und wenn ich nicht weich geworden wäre?«, fragt Henriette Knausermann.
»Irgendwann hätte ich es vermutlich gesagt«, sagt Henry. »Aber ich wäre sehr traurig gewesen.«
»Das kann ich verstehen«, sagt Henriette Knausermann.
Hannes sieht jetzt auch das Fohlen und springt darauf zu. Da nimmt Henry ihn auf den Arm, hält ihn hoch an das Fohlen heran, damit er es am Kopf streicheln kann. Hannes ganz laut: »Jetzt habe ich es ja endlich, ein Fohlen zum Liebhaben.«
Und in dem Moment haben wir wohl alle gleichzeitig an das Bild vom braunen Fohlen und den Satz: »Das wünsche ich mir« gedacht. Voller Rührung.
»Aber was ist jetzt mit der Polizei?«, fragt Stummel ein bisschen zaghaft.
»Ach«, sagt Henriette Knausermann: »Die ruf ich an. Die sind froh über jeden Fall, der gelöst ist.«
Wir stehen noch eine Weile mit Henriette Knausermann.

Neben uns scharrt Piccolo mit den Hufen.
»Jetzt kommt das Versprechen«, sagt Gonzo feierlich.
»Versprichst du, Henriette Knausermann, Piccolo für die Reitschule im Dorf zur Verfügung zu stellen?«
»Ich verspreche es«, sagt Henriette Knausermann feierlich.

»Versprichst du, Henriette Knausermann, uns im nächsten Jahr wieder hier wohnen zu lassen?«
»Ich verspreche es.«
Da springt Klein Hannes dazwischen.
»Du musst die Schwurfinger heben, Oma. Und dreimal ausspucken. Sonst gilt das nicht.«
Da muss Henriette Knausermann lachen und wir alle lachen mit.
»Ich verspreche es hoch und heilig«, ruft sie und spuckt dreimal aus, neben den Schwurfingern über unseren Köpfen.
»Ein Pferd für die fünf Nervensägen«, jubeln wir fast gleichzeitig und fallen uns in die Arme.

Fünf für alle Fälle!

Am liebsten hätte Pipilotta grüne Haare. Nur, was würde Gonzo dazu sagen? In den ist sie nämlich verliebt, aber das ist ein Geheimnis! Und Gonzo ist der Anführer der 5 Nervensägen, der Bande, zu der nicht nur Pipilotta, sondern auch Porsche, Stummel und Marie gehören. Schon bei ihrem ersten Treffen wartet ein ganz besonders schwieriger Fall auf sie. Woher kommen die merkwürdigen Geräusche und wer weint auf dem Hausmeisterklo? Als die Nervensägen merken, dass es hier um eine Erpressung geht, sind sie entschlossen, etwas dagegen zu unternehmen ...

Elisabeth Zöller
Die 5 Nervensägen
128 Seiten. Geb.
Band 85052

Fischer Schatzinsel

fi 6080 / 2